A MENINA QUE PERDEU O TREM

Os Fantasmas de Paranapiacaba

NOVELA JUVENIL DE

Manuel Filho

Ilustrações: Marco Cena

A MENINA QUE PERDEU O TREM

Os Fantasmas de Paranapiacaba

5ª edição / Porto Alegre-RS / 2025

Coordenação Editorial: Elaine Maritza da Silveira
Capa e projeto gráfico: Marco Cena
Revisão: Viviane Borba Barbosa
Editoração eletrônica: Bruna Dali e Maitê Cena
Assessoramento de edição: André Luis Alt

Dados Internacionais de Catalogação na Publicação (CIP)

M294m Manuel Filho
A menina que perdeu o trem: os fantasmas de Paranapiacaba. / Manuel Filho. – 5.ed. – Porto Alegre: BesouroBox, 2025.
168 p.: il.; 14 x 21 cm

ISBN: 978-85-99275-68-9

1. Literatura infantojuvenil. 2. Novela. I. Título.

CDU 82-93

Bibliotecária responsável Kátia Rosi Possobon CRB10/1782

Edições BesouroBox Ltda.
Rua Brito Peixoto, 224 - CEP: 91030-400
Passo D'Areia - Porto Alegre - RS
Fone: (51) 3337.5620
www.besourobox.com.br

Impresso no Brasil
Maio de 2025.

Para Nireuda, com carinho.

MENU

1. A noiva fantasma

– Mas cadê a Vila, sumiu? – perguntou Abel, ao perceber que já se aproximavam de Paranapiacaba, totalmente coberta por uma névoa tão espessa que não deixava ninguém ver um palmo à frente do nariz.

– Calma, pessoal. É assim mesmo – respondeu o professor Serginho, que acompanhava o grupo naquele passeio. – A neblina por aqui não tem hora para aparecer.

– Nem para sumir – resmungou Fig, o melhor amigo de Abel, que adorava se vestir de preto e falar coisas assustadoras ou pessimistas. Alguns colegas teimavam em chamá-lo de urubu, mas ele não ligava.

O que você quer dizer com isso? – perguntou Abel.

– Minha mãe me contou que já veio aqui uma vez e que não conseguiu ver nada, porque caiu uma supernévoa na Vila, que escondeu tudo. Pelo jeito, vai acontecer o mesmo com a gente.

– Pode ficar tranquilo – disse o professor. – Daqui a pouco ela some.

– Ouviu? – retrucou Abel. – O Serginho já veio aqui antes e deve saber do que está falando. Você que é pessimista – Abel passou a mão pelo vidro para desembaçá-lo, mas não adiantou muito.

– Sei... – resmungou Fig, ajeitando o fone de ouvido para continuar escutando seus *rocks* sombrios.

Era comum aquela neblina, ou *fog*, como diziam os ingleses que viveram por ali nos séculos XIX e XX, aparecer de repente. Havia várias lendas sobre a Vila de Paranapiacaba e, como não poderia deixar de ser, sobre a neblina também.

– Por aqui há muita névoa sempre, todos os dias – disse Serginho. – E alguém sabe me dizer por quê?

O silêncio foi total dentro do ônibus; todos tentando ver algo do lado de fora. Se alguém espichasse a cabeça em direção ao corredor e olhasse para frente, perceberia que o motorista deveria estar com muitos problemas para enxergar o caminho todo branco. Mesmo em baixa velocidade e com faróis acesos, havia perigo, pois a sinalização da estrada era precária.

– Já que ninguém falou nada, eu explico. Paranapiacaba era uma vila ferroviária. Na verdade, ainda é.

Ela já nasceu muito especial. Foi fundada pelos ingleses, que reproduziram por aqui muitos de seus hábitos. Ela é única na América Latina, nenhum outro local possui as características que vamos encontrar. Agora – disse o professor em tom de suspense – vou falar da noiva...

– Que noiva? – perguntou Bruna, que estava sentada próxima à saída.

– Como eu estava dizendo, os ingleses fundaram esta vila paulista aqui na Serra do Mar. Hoje em dia, ela pertence ao município de Santo André. – prosseguiu ele. – Havia uma distinção social muito grande. Quem era operário vivia num tipo de casa, quem era engenheiro, em outra maior, e assim por diante. O engenheiro-chefe vivia no Castelinho.

– Que enrolação! – reclamou Fig quase se arrependendo de ter tirado o fone do ouvido.

– Voltando à noiva – continuou Serginho. – A filha de um operário se apaixonou pelo filho de um engenheiro. Quer dizer, ele se apaixonou por ela. Enfim, os dois se apaixonaram. Mas, para variar, o pai do noivo não gostou nem um pouquinho.

– Será que o cara se chamava Romeu e a menina, Julieta? – gritou o Juninho, que vivia para ser inconveniente.

– Romeu e Julieta se passa na Itália, em Verona, e aqui a influência foi inglesa, você não ouviu? – provocou Bruna.

– Mas foi William Shakespeare... – continuou Serginho. – quem tornou os dois famosos. Vejam só, um inglês! – brincou ele.

– E como termina? – gritou Abel.

– Bom, isso nada tem a ver com o assunto, mas enfim... O negócio é o seguinte: os namorados tanto brigaram que conseguiram marcar o dia do casamento. O pai do noivo, porém, resolveu que não deixaria o casório se realizar de jeito nenhum. Mandou o rapaz fazer um serviço no pé da serra e providenciou para que ele não voltasse a tempo da cerimônia. Para a noiva, contou que o filho havia desistido do casamento, que não gostava mais dela. No entanto, ele só foi falar isso dentro da igreja, quando ninguém teria tempo de verificar o que estava realmente acontecendo.

– Que malvado. – resmungou Bruna.

– Sim. E o pior é que a moça e todo mundo acreditou. Ela, então, cheia de tristeza e de vergonha, saiu da igreja e correu para longe. Acabou caindo de um precipício e morreu. Hoje, sempre que a neblina aparece, dizem que é a pobre noiva procurando pelo seu amado.

– Acho melhor deixar a névoa do lado de fora mesmo – riu Fig, acostumado com histórias de fantasmas mais pesadas que essa. – Vai saber se você não é o noivo que ela está procurando. Já pensou, Abel?

– Sai fora! – exclamou o jovem, com uma pontinha de medo. Essas histórias de fantasmas sempre o deixavam levemente impressionado. – Se tem alguém que ela pode querer aqui é você, que é mais branco do que toda essa névoa aí fora. Já sei, você só se veste de preto para esconder sua cor de vela!

– Bem, pessoal – disse o Serginho. – Agora, vamos...

Antes que o professor terminasse o que dizia, o veículo deu uma parada brusca e ele só não caiu porque se segurou em um banco.

– Nossa, motorista, o que foi isso? – perguntou ele.

– Desculpe, é que apareceu um menino na minha frente, mostrando um lugar para estacionar.

– Ah, bom! – continuou o Serginho. – É isso, turma, falta pouco.

Alguns começaram a puxar mochilas e outros a checar seus telefones. Abel e Fig estavam prontos para muita diversão e, embora ainda não soubessem, iriam viver a maior aventura de suas vidas.

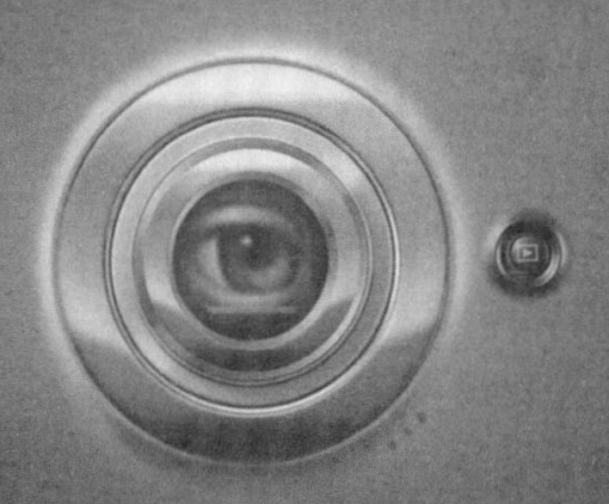

2. Tudo que é bom dura pouco

– Pronto, gente. Não falei que ia passar? – disse Serginho quando a porta do ônibus se abriu. – A névoa sumiu. Foi só chegarmos aqui, na parte alta da Vila. Porém, a noiva pode querer voltar a qualquer momento, por isso, vamos andando, todo mundo para fora.

Quem estava dormindo acordou, e os apressadinhos correram para a saída, causando grande tumulto e impedindo a passagem de quem quer que fosse. Abel e Fig ajeitaram a mochila nas costas e ficaram esperando a vez de descer.

– Tá vendo, pessimista! – disse Abel. – Desapareceu a neblina. Olha só como o céu está claro.

– Mas até o Serginho sabe que pode voltar – resmungou ele.

– Vai, aproveita que o corredor tá livre e sai logo.

O ônibus havia parado em uma pequena zona de estacionamento, próxima a um velho cemitério.

– Todo mundo já desceu? – perguntou o Serginho ao mesmo tempo em que andava rápido ao redor do grupo, contando os alunos. – Quero ver a turma toda usando crachá. Quem não estiver com ele, tchau, acaba aqui o passeio.

As possíveis razões para "acabar o passeio" eram muitas: não jogar sujeira no chão, tinham que andar em ordem, sem fazer algazarra, não podiam arrancar nada da mata, deviam levar água, passar protetor solar etc.

– Então, vejam bem. Na primeira parte do nosso passeio, visitaremos a Vila, o Castelinho, o Museu Ferroviário. Faremos uma pausa para comer, ir ao banheiro e, depois, vamos conhecer a mata atlântica.

Todos já tinham ouvido falar dela, mas ninguém a havia visto de fato. Rapidamente perceberam que estavam em um lugar onde o ar era mais puro e até a temperatura parecia variar com maior frequência. Ao se olhar para a vegetação, percebia-se grande variedade: árvores com copas largas, floridas, grandes e pequenas, e até mesmo enroscadas umas às outras. O professor de geografia tinha explicado que, à época do descobrimento do Brasil, a mata atlântica ocupava 15% do território nacional, porém, hoje, torna-se cada vez mais rara, pois 93% dela já foi devastada.

– Estamos na parte alta da Vila – continuou Serginho. – Toda a arquitetura deste local foi influenciada pelos portugueses. Lá embaixo, onde está a vila ferroviária, de influência inglesa, os trabalhadores moravam, mas não havia um comércio estabelecido. Foi um negociante português quem começou a construção desta parte mais nova. Só viviam aqui as pessoas que não podiam morar na Vila Martin Smith, que é o nome oficial da Vila.

– E por que não? – perguntou Bruna.

– Porque só os funcionários da ferrovia residiam lá. Tudo era propriedade da empresa, que tinha padrões muito rígidos para manter a Vila funcionando. Se alguém não cuidasse da sua residência, perdia o emprego e acabava tendo de sair de lá. Então, a parte alta foi se desenvolvendo, graças ao comércio. Vamos começar o nosso passeio. Sigam-me.

Serginho saiu à frente e começaram a descer uma ladeira íngreme.

– Quero só ver ter que subir isso de volta! – reclamou Fig.

– Não sei pra que você veio! – repreendeu Abel.

Enquanto caminhavam, iam aprendendo sobre as características da arquitetura do lugar. As ruas eram muito estreitas e as casas não tinham jardim, a porta dava direto para a rua. Eram coladas umas às outras e, em algumas delas, podiam-se observar sacadas decoradas. Embora fosse cedo, o pequeno comércio local já funcionava. Era fim de semana e, portanto, o movimento de turistas seria maior; ótimo para alavancar as vendas.

Pelo comportamento da turma, muitos já deveriam ter sido mandados de volta para casa, pelo menos segundo as regras e, principalmente, pela algazarra, algo impossível de controlar. Aquele passeio fora combinado há muito tempo e todos estavam animados, afinal, não era sempre que tinham a oportunidade de conhecer um lugar tão diferente e especial quanto aquele. Em que outro local do Brasil eles poderiam se deparar com uma réplica do Big Ben, o relógio mais famoso de Londres, ainda mais no meio de uma quase floresta? A proposta era que eles entrassem em contato com a história do Brasil e com a natureza. Poucos tinham ouvido falar de Paranapiacaba. Assim que terminaram de descer a ladeira, a neblina havia se dissipado ainda mais e a pequena Vila surgiu como mágica diante de seus olhos. Imediatamente começaram os cliques das câmeras fotográficas e dos celulares.

– Você vai morrer de calor com essa roupa preta – Abel implicou com Fig.

– Por que você não tira suas fotos e me deixa em paz? – respondeu o garoto.

Abel ia mesmo fazer aquilo, fotografar era seu *hobby*. E não era de qualquer jeito, tinha que ser com sua câmera, que era moderna e também filmava. Ele alimentava as redes sociais com suas imagens favoritas. Como estava sempre com a câmera na mão, não havia parado de tirar fotos desde que a turma se reunira para o início da viagem o que, de repente, lhe motivou um alerta.

– Como eu sou burro!

– Isso eu já sabia. – comentou Fig. – Mas por que você descobriu isso só agora?

– Eu deveria ter trazido uma bateria a mais! Não acredito que me esqueci disso! E se esta acabar?

O humor de Abel mudou completamente. Parte da sua alegria estava em fazer suas fotos, muitas fotos, e, pelo jeito, não conseguiria tirar tantas como o lugar merecia. Provavelmente teria que se conter e, para ele, isso seria um grande problema.

3. O melhor lugar para se viver

A primeira visão da Vila era um mistério. A noiva ainda pairava nas partes mais baixas, impedindo uma visão clara da região. A construção que mais se destacava era a do Castelinho, uma espécie de sobrado de madeira, que fora construído no local mais alto de Paranapiacaba e que podia ser avistado de, praticamente, qualquer lugar.

– Quer dizer que estamos na parte baixa da parte alta da Vila? – perguntou Fig, querendo fazer uma gracinha para Abel, que acabou não achando muita graça. Serginho foi quem respondeu.

– Isso mesmo. É só atravessar a ponte que logo estaremos na parte mais antiga de todas.

Uma longa passarela, que se estendia por cima de toda a linha ferroviária, ligava as duas partes da Vila. Era bastante longa e permitia ver a situação dos

velhos trilhos. Percebia-se que o mato havia crescido por entre alguns, denotando abandono.

– Daqui já conseguimos enxergar várias coisas. Olha lá o Big Ben! – disse Serginho, apontando para um belíssimo relógio que ficava bem ao centro do que parecia ser uma velha estação. – Só as estações mais importantes têm um relógio como aquele. A Estação da Luz, em São Paulo, é um exemplo; a Central do Brasil, no Rio de Janeiro, outro. Percebam que ele tem quatro faces, ou seja, qualquer um pode ver as horas, não importa de que lado do relógio a pessoa esteja. Ele foi feito na Inglaterra pela mesma companhia que fez o Big Ben, é por isso que ele tem esse apelido.

No momento em que atravessavam a passarela, passou um trem de carga por um dos poucos trilhos ainda ativos e logo as câmeras foram acionadas novamente: os alunos fotografaram, filmaram e publicaram tudo imediatamente. No meio da ponte, havia uma escadaria que levava para a plataforma onde estava o Big Ben e também para o Museu Ferroviário.

– Nós vamos visitar o museu, professor? – perguntou Bruna.

– Sim, vamos, mas só depois de darmos uma passadinha na festa do Cambuci.

– Cambuci? – perguntou Abel. – O que é isso, professor?

– É uma frutinha típica da mata atlântica: verde, pequena e bem azeda, com a qual dá para fazer um monte de produtos: doces, salgados, licor...

A palavra "doce" chamou a atenção de Fig. Embora ele estivesse meio calado, apenas observando, Abel tinha certeza de que seu amigo estava adorando a Vila. Fig adorava histórias sobrenaturais, suas preferidas eram as de vampiro. Já tinha visto todos os filmes sobre o assunto. Ele também gostava de umas músicas estranhas e de *rocks* pesados. No começo, a mãe dele ficava brava com aquela mania de roupa preta, mas depois se acostumou. Abel e ele eram melhores amigos, mesmo sendo completamente diferentes um do outro. Abel, de corpo atlético e bronzeado, gostava de esportes e da vida ao ar livre. Paranapiacaba era mesmo um lugar para os dois: a natureza para um e os mistérios para o outro.

Durante a travessia, cruzaram com várias pessoas que conduziam suas bicicletas e motocicletas a pé, já que era proibido locomover-se sobre elas por ali. Chegando ao outro lado, a primeira coisa que chamou a atenção foi um grande painel, parecido com um cartaz, e que mostrava pequenos textos contando fatos da vila, circundados por imagens antigas dos funcionários e da paisagem. Deveria ser feito de algum material bem resistente, pois ficava exposto ao tempo permanentemente.

– Vejam. – apontou Serginho para ele. – Vocês vão encontrar vários destes por aqui. É muito bacana, porque dá para ver como era a Vila no tempo dos ferroviários.

A neblina havia sumido completamente. Foi engraçado, porque, quando a observaram da parte alta, todos pensaram que o dia seria bem triste. No entanto, o sol surgiu, e os casacos voltaram para dentro das mochilas. As casas eram simples e bonitas: todas iguais, de madeira e pintadas de marrom escuro, como num cenário de filme antigo. Cercas baixas e vazadas protegiam as propriedades, que eram adornadas por lindos jardins.

– Que legal isto daqui! – exclamou um aluno, correndo com o celular na mão.

Repousando no que seria o fim da linha do trem, pois os trilhos terminavam próximos a um barranco, estava uma locomotiva que deveria ter sido muito bonita.

– Fiquei com vontade de ir até lá! Podemos ir, professor? – perguntou Abel.

– Não, é perigoso! – respondeu ele. – Vamos olhar daqui mesmo. Por isso colocaram essa cerca ao longo de toda a rua, para nenhum engraçadinho como você descer o morrinho e ir até lá. Poderia cair e se machucar.

Como se não bastasse a locomotiva inteira estar enferrujada de ponta a ponta, o mato crescia por entre os poucos vagões, atravessando peças, o chão e todo espaço que pudesse encontrar.

– Que pena que está assim, tão destruída – comentou Abel.

– É mesmo uma pena – disse Serginho. – Foi um dos trens mais luxuosos da época. O nome dele era Planeta. Antigamente, os vagões eram feitos de madeira. Esse aí foi um dos primeiros a serem construídos inteiramente de metal.

– Deveria estar num museu – disse outro aluno, enquanto tirava uma foto.

– Concordo – lamentou o professor. – Mas em um dos processos de tombamento, o povo resolveu deixá-lo aí, apodrecendo a olhos vistos, como símbolo do descaso, para que isso não acontecesse com o resto da Vila. Enfim, vamos andando, porque ainda tem muita coisa para conhecer. Depois voltaremos aqui e vocês tiram outras fotos.

– Adorei essa locomotiva – Fig falou para Abel. – Vendo-a assim, parada, fico imaginando quanta gente já andou nela. Uma pena terminar desse jeito.

– É mesmo – respondeu Abel, estendendo a câmera fotográfica para Fig. – Tira uma foto minha com ela no fundo. Vai ficar bacana.

– Não gosto de tirar foto sua. Você só reclama que eu não sei fotografar direito.

– E se não tirar logo, vou reclamar que você não quer me fazer um simples favor.

Fig se ajeitou, clicou e, quando Abel viu o resultado, começou a reclamar que ele havia cortado a locomotiva, que não era daquele jeito que ele queria etc. Fig devolveu a máquina e se afastou para alcançar o resto da turma, que já estava bem à frente. Assim que alcançou Bruna, perguntou:

– O Serginho disse mais alguma coisa interessante?

– Disse – respondeu ela. – Já vimos a noiva, um fantasma mais calminho, e vamos conhecer outro, muito mais perigoso e assustador do que a coitadinha que virou neblina.

Um fantasma! Será que ele iria encontrar um fantasma de verdade? Fig não conseguia imaginar um lugar melhor para um fantasma viver. Tinha que ser ali, em Paranapiacaba! Era só esperar para ver.

4. Os primeiros arrepios

Degustar o Cambuci foi uma experiência, no mínimo, diferente. Os mais curiosos resolveram comer a fruta *in natura*. Alguns a consideraram muito azeda e fizeram caretas ao provar a polpa viscosa da pequena fruta verde, que era do tamanho de uma ameixa. Outros se lambuzaram com a trufa, a grande unanimidade. Ela era tão cremosa e macia, que precisava ficar em uma pequena vitrine refrigerada para não derreter. Quem comia, adorava. Ao se morder, a boca se enchia com o sabor doce do chocolate e do leve azedo da frutinha gelada. Parecia até que a língua acordava, se esforçando para decifrar toda aquela sensação e sabor.

Depois de passarem pelas barracas do festival do Cambuci, que acontecia em um antigo mercado restaurado, todos se dirigiram para o Castelinho.

– É lá que vive o fantasma mais famoso de Paranapiacaba – informou Serginho. – Um amigo meu vai nos contar toda a história dele.

Iniciaram a subida pela ladeira que levava até o Castelinho. Toda ela era cercada por árvores, e alguns passarinhos e borboletas apareciam de vez em quando. Ao atingirem o topo do morro, tiveram uma vista excelente de toda a Vila. Notava-se que as casas eram muito parecidas, até mesmo os telhados cinzentos.

A entrada do Castelinho era muito bonita. Uma pequena escada terminava numa varanda que circundava toda a casa. No segundo andar, três janelões retangulares estavam abertos. Ao lado da porta principal, também havia outros dois janelões. A propriedade estava pintada da mesma cor que as demais casas da Vila.

– Serginho, vocês chegaram! Que bom! – exclamou um rapaz, ao ver a turma esperando do lado de fora.

– Pessoal – disse Serginho, cumprimentando o rapaz. – Este aqui é o meu amigo Carlão, ele é morador da Vila e monitor do Castelinho, e vai nos contar a história desse lugar.

Ao adentrarem, viram-se no meio de um corredor. Ao fundo, estava a escada e, nas laterais, havia uma

porta de cada lado, ambas fechadas. Carlão abriu a da esquerda e todos entraram.

– A madeira desta casa veio da Europa, se chama Pinus, e era usada como lastro nos navios. É uma madeira muito rara e é do mesmo tipo das construções da Inglaterra. Os ingleses procuravam reproduzir por aqui todo o estilo de vida que tinham em sua terra natal. O interessante é que a parede é dupla, oca no meio. Temos a parede, um espaço vazio, e mais outra.

O pé direito era muito alto, e o que mais chamou a atenção de Abel foi a lareira instalada ao fundo da sala. Carlão explicou que ela era toda feita de pedra, que a casa não iria pegar fogo, como pensara o garoto. Havia duas bocas de saída, uma para aquela sala em que estavam e outra para a que se localizava atrás deles.

– Assim, o calor ia se espalhando por todos os cantos. Esperto, não é? – disse Carlão já abrindo a porta para o próximo ambiente.

– Queria ler o que está escrito nesses painéis – cochichou Abel para Fig. – Veja só, parecem ser informações interessantes.

– Depois você lê. Vamos rápido porque não quero perder as explicações do Carlão.

Prosseguiram com o passeio e foram descobrindo coisas muito interessantes sobre os hábitos das pessoas que viveram naquela casa nos séculos XIX e XX. A propriedade era toda compartimentada; sem ser convidado, ninguém entraria na parte íntima. Não era como nas casas de hoje, em que todo mundo é recebido na sala de estar. A porta que estava do outro lado do corredor por onde entraram era a do escritório. Ali, o Chefe recebia visitantes e resolvia outros problemas. O lugar mais curioso era o banheiro.

– Olha só isso! Uma banheira que mais parece uma piscina onde cabe um monte de gente! – disse Abel, olhando para dentro do banheiro de azulejos azuis. – Tem até escadinha para entrar nela.

– E era aquecida! – disse Carlão. – Havia uma serpentina que deixava a água bem gostosa.

Depois de verem a sala de jantar e alguns móveis antigos, subiram para o segundo andar. Dentro da biblioteca do Chefe, compreenderam que seria muito difícil acontecer qualquer coisa na Vila sem que ele soubesse. Dava para ver o relógio, a estação, as casas, o campo de futebol, o salão de festas, a Vila inteira.

– Olha lá a noiva! – disse Bruna, apontando para o que parecia ser um buraco no vale.

– É ela mesma. É por ali que sempre chega, vindo do fundo do vale sem avisar – explicou Carlão. – Quer dizer que vocês já conhecem a história dela?

– Acabei me adiantando – riu Serginho. – Mas pode falar dos outros fantasmas para eles!

– Ih! Tem um monte – disse Carlão. – Dá para escrever um livro só com as histórias deles, mas o mais famoso de todos mora aqui nesta casa.

– E quem é ele? – perguntou Fig.

– É o fantasma do último engenheiro-chefe do Castelinho. Um guarda que trabalhava aqui jura que já o viu.

– Ai, eu não gosto dessas histórias – murmurou Bruna, se encolhendo.

– Mas podem ficar tranquilos, porque deve fazer tempo que ele não vem, pois estou sempre na casa e nunca o encontrei – respondeu Carlão, informando que o passeio havia terminado e que todos poderiam voltar para o andar térreo.

Os alunos começaram a descer, e Abel teve uma ideia. Já que não teria tempo de ler os painéis que havia pela casa, resolveu fotografá-los para depois lê-los com calma. Não queria perder as informações dos textos e imagens que exibiam famílias antigas, suas roupas, objetos...

– Serginho, será que eu posso dar uma corridinha na casa e tirar umas fotos? Juro que é rapidinho. É o tempo de todo mundo sair e eu terminar.

– Se o Carlão deixar e você prometer que não vai tocar ou quebrar qualquer coisa, tudo bem.

Carlão deixou. Abel queria que Fig fosse com ele, mas o garoto preferiu continuar ouvindo as histórias que o monitor tinha para contar sobre os fantasmas.

Abel retornou à primeira sala e fotografou os painéis. Não era muito difícil, porque alguns estavam quase unidos e dava para enquadrar vários ao mesmo tempo. Saiu correndo pela casa e, de súbito, começou a se sentir estranho. Era muito diferente andar por ela vazia, sem ninguém ao seu lado. Sentiu um arrepio. Agora deveria ir até o fim, não tinha cabimento voltar sem as fotos, mas, instintivamente, fotografou tudo bastante rápido. Avistou a escada que levava para o segundo andar, mas resolveu ignorá-la.

– Lá em cima, não há nada – desdenhou, com medo.

As vozes dos amigos estavam cada vez mais distantes, deveriam estar descendo a ladeira de volta para a rua. Ele chegou até a última sala, onde havia uma maquete de toda a Vila, e apontou a câmera para os últimos painéis. Um forte arrepio lhe desceu pelo pescoço, indo pelos ombros e sumindo na ponta dos dedos. Apertou o botão tremendo. Deu uma rápida olhada pela sala, sentiu frio. Odiou aquele silêncio. Correu em direção à porta, com receio de que estivesse fechada. Respirou fundo quando ela se abriu para o corredor, mostrando a saída. Atravessou-a, veloz, e não teve coragem de olhar para trás.

5. O sobe e desce dos trens

Quando encontrou o resto da turma, Abel não só estava com a pulsação acelerada como ainda sentia o estranho calafrio do Castelinho.

– E aí, cara? Tirou suas fotos?

– Fig! – disse ele. – Parecia que havia alguém atrás de mim. Senti um arrepio muito estranho.

– Será que era o fantasma?

– Sei lá. Essas coisas deveriam acontecer com você, que gosta deles, não comigo.

Serginho ia à frente conduzindo os alunos para o Museu Ferroviário. Voltaram a seguir o caminho pela passarela e desceram a escada que levava à plataforma. Lá, seguindo para um lado, encontrava-se o Big Ben e, pelo outro, na direção do abismo, por onde a noiva sempre surgia, estava o Museu. Cada aluno recebeu um ticket, e todos se puseram a andar em fila.

O caminho de terra, cheio de pedrinhas e que levava até a entrada do Museu, era ladeado por várias linhas de trem. Se não fosse pela cerca que impedia a passagem, daria até para tocar nos trilhos. O museu era formado por antigos galpões, que continuavam a abrigar muitos dos equipamentos utilizados durante os tempos áureos da São Paulo Railway Company.

– Chegamos! – anunciou Serginho. – O Carlão vai explicar como é que os trens subiam e desciam a serra. Não se esqueçam de que a Vila de Paranapiacaba está a 796 metros acima do nível do mar.

– É isso mesmo, pessoal – prosseguiu Carlão. Os ingleses foram chamados para construir esta ferrovia porque eles já tinham muita experiência na área. No século XIX, não se esqueçam, eles estavam em plena revolução industrial e haviam aprendido a lidar com as linhas férreas. Mas como é que as locomotivas se moviam naquela época, alguém sabe?

Silêncio total.

– Bem... – interrompeu Serginho. – como eu já expliquei para vocês, elas eram movidas a vapor!

Um imenso "Ahhhhhhhhhhh" foi murmurado por todos.

– Isso mesmo – disse Carlão. – E o que é que tinha por aqui que ia ser muito útil para os ingleses?

Outro silêncio.

– Água, muita água, o que seria excelente para as locomotivas. Mas eles também enfrentaram vários problemas. Para chegar até o litoral, a partir daqui, eles teriam de vencer um desnível de oito quilômetros. As obras começaram em 1860 e, no primeiro acampamento que existiu, chegaram a viver cinco mil homens. Já pensaram? A ferrovia foi inaugurada em 1867.

– Mas... – iniciou Abel. – os trens a vapor tinham força para subir a serra tão inclinada?

– Não. – respondeu Carlão. – Aí que os ingleses foram espertos e utilizaram um sistema que já era empregado nas minas de carvão do país deles. Construíram uma espécie de escada na serra, com quatro degraus. Em cada um deles havia máquinas fixas, que tracionavam os cabos de aço que movimentavam e sustentavam as locomotivas. Isso permitia a subida e a descida. Devagar e sempre. O nome de todo esse aparato é sistema funicular. Em 1901, eles precisaram duplicar a linha, pois o movimento do comércio cresceu ainda mais.

– Lembram-se, meninos? – tentou Serginho. – O estado de São Paulo produzia muito café naquela época, era o auge da produção, e todo o escoamento tinha de sair pelo porto de Santos. Antes da ferrovia, tudo era transportado no lombo de burros. Imaginem

RAILWAY

como seria descer a serra até o litoral daquele jeito? Demorava muito. Os barões do café não queriam perder tempo e nem dinheiro.

– Por isso fizeram a nova linha, mais moderna, com cinco planos inclinados, e que atravessava onze túneis, muitos deles abertos no meio da rocha – prosseguiu Carlão. – Uma impressionante obra de engenharia para a época. Os cabos eram puxados por cinco máquinas movidas primeiro a carvão e depois, a óleo. Uma locomotiva de pequeno porte, chamada de locobreque, fazia a tração que permitia a subida e a descida.

– E tudo isso ainda existe, funciona? – perguntou Bruna.

– Não, o sistema foi desativado há muito tempo. Nas regiões de planalto e da baixada santista, os ingleses implantaram o sistema de tração diesel-elétrico. O trecho que vai de São Paulo até Jundiaí, no interior do estado, começou a ser eletrificado em 1944. No trecho da serra, o sistema de cremalheira foi implantado em 1974.

– Crê o quê? – perguntou Fig, que, às vezes, se distraía com a explicação ao ficar observando o mundaréu de peças espalhadas pelo museu.

– Cremalheira – respondeu Carlão. – É uma esteira dentada, fixada entre os trilhos. Duas máquinas japonesas com rodas dentadas se encaixam na esteira e, com sua tração, movimentam as composições. Bem, agora basta de tanta informação. É hora de ver o que tem por aí.

– Com cuidado – alertou Serginho, receoso, pois havia peças pesadas e perigosas, além de outras pequenas que poderiam não resistir "ao toque" dos mais curiosos.

A turma logo se espalhou. Havia muita coisa para ser vista, do maquinário do sistema funicular aos grandes painéis com indicação dos itinerários do trem. Além disso, os próprios galpões nos quais se instalara o museu eram naturalmente curiosos. Construídos com tijolos aparentes, eram atravessados por trilhos e, por isso, a boca de entrada era alta e larga para que os trens pudessem passar.

– Xi! A noiva resolveu vir procurar o namorado de novo – disse Fig. – Sabe que já estou até me acostumando com ela.

Como não havia maneira de impedir a névoa de tomar conta do ambiente, tudo se tornava ainda mais interessante. Ao se olhar para o final do galpão, via-se a luz do sol difusa, e a boca do túnel ficava misteriosa, brilhante. Não se enxergava nada do lado de fora.

– Que lindo! – exclamou Abel. – Vou tirar uma foto! – Ao dizer isso, o garoto pegou a câmera, deu dois passos e só teve tempo de ouvir um grito de Fig.

– Abel, cuidado!

6. Os que ficaram para trás

Quando Abel ouviu o grito de Fig, não havia mais nada a fazer. Seu pé não acompanhara o movimento do corpo. Distraído, procurando o melhor ângulo, não percebeu o trilho que atravessava o galpão e caiu. A câmera só não voou longe porque ele a havia pendurado no pescoço.

– Abel! Você se machucou? – gritou Serginho, correndo em direção a ele, preocupado.

– Não – respondeu ele. – Acho que estou b... – nem terminou de falar e seu rosto se contorceu de dor ao tentar apoiar o pé no chão.

– Calma – disse Carlão, que também havia se aproximado. – Vamos devagar até aquele banco ali.

Abel apoiou-se nos dois adultos, pisando com um pé só, e sentou-se. Fig pegou a mochila, que havia caído no chão, e aproximou-se dele.

– Você ficou maluco, cara? Como é que você não viu o trilho?

– Ah, sei lá, fiquei olhando para o visor e, quando percebi, já tinha perdido o equilíbrio. Que belo amigo você, me avisar em cima da hora...

– Como assim? Fiz um favorzão e você ainda acha que a culpa é minha? – resmungou Fig.

– Calma. Vai ficar tudo bem – disse Serginho, muito preocupado. Temia que o garoto tivesse quebrado o pé. – O Carlão foi buscar um médico, daqui a pouco ele volta.

Em segundos a turma toda já estava ao redor, querendo saber o que havia acontecido. A notícia não demorou a se espalhar pelo museu, até alguns turistas pararam para observar.

– E agora, professor? – perguntou Fig.

– Temos que esperar um pouco e... Ah, que bom! Olha lá o Carlão.

O médico, que chegou ofegante, foi logo se abaixando para avaliar o garoto. Carlão já havia informado tudo o que acontecera. O doutor tocou com muito cuidado na perna do menino e a examinou até chegar ao local onde ele reclamava que a dor era maior.

– Não está quebrado! – sentenciou ele, aliviando imediatamente Serginho.

– Ainda bem – disse o próprio Abel. – Já estou mesmo me sentindo melhor, acho que foi mais o susto.

– Parece ser uma torção, e você não vai poder sair andando por aí de jeito nenhum. É melhor ir até a cidade e fazer uma radiografia.

– Mas e o passeio? E a caminhada pela mata atlântica? E a cachoeira? – perguntou Abel de uma vez só.

– Vai ter que ficar para outro dia – sentenciou o doutor, sem chance para qualquer argumentação. – É perigoso fazer trilha desse jeito. Qualquer escorregão, seu estado pode piorar.

– Mas... mas... mas... – resmungou Abel.

– Sem "mas" – disse o Serginho.

Abel não queria nem saber, ergueu-se do banco, apoiou o pé no chão, evitando fazer qualquer tipo de careta, e saiu caminhando. Não demorou muito e ele percebeu que estava andando de forma torta, apoiando todo o peso do corpo em um só lado para não forçar o tornozelo machucado.

– Tá vendo? – disse Abel. – Já estou bem.

Até Fig, que estava torcendo para que ele estivesse de fato recuperado, percebeu que não ia dar certo. A turma toda se frustrou. Era óbvio que Serginho não ia sair para uma trilha deixando um aluno para trás.

– Mas eu não quero atrapalhar o passeio de todo mundo – reclamou Abel.

– Não vai atrapalhar em nada – respondeu Serginho. – Ainda tem muita coisa para a gente fazer aqui. Podemos ouvir outras histórias da Vila, almoçar, fazer alguns jogos. Não vão faltar atividades. – No entanto, como não podia deixar de ser, havia alunos muito insatisfeitos, que se sentiam injustiçados com aquela situação. – Isso podia ter acontecido com qualquer um. Se for preciso, vamos embora para levar o Abel ao médico e voltamos outro dia. Paranapiacaba não vai desaparecer.

– A não ser que a noiva queira – brincou alguém.

– Não parece ser grave – argumentou o médico. – Se ele não estiver sentindo dor, vocês podem até passar o dia por aqui.

– É, mas trilha nem pensar! – disse Serginho.

– Olha – interrompeu Carlão. – Eu tenho uma solução.

Todos olharam imediatamente para ele.

– Vocês podem ir. É um caminho tranquilo, a caminhada é leve. Se a água estiver muito fria, nem na cachoeira vocês vão querer entrar. Eu fico esperando com o Abel.

– Mas... eu não sei... – disse Serginho.

– Pode ficar tranquilo – disse Carlão, rindo. – Não vai acontecer mais nada com o garoto. Vou ficar de olho nele enquanto vocês dão uma voltinha na mata.

Serginho ficou em dúvida, não gostava daquela situação. Por outro lado, a turma estava inquieta, querendo passear de qualquer jeito. Carlão era seu velho amigo e já o vinha recepcionando há vários anos na Vila; quanto à segurança do garoto não haveria qualquer perigo. Serginho sabia que a trilha era tranquila, leve. Agradaria a maioria e voltaria rapidamente para ver Abel.

– Está certo – a turma vibrou. – Vamos fazer o passeio, que será mais rápido – disse ele. – Carlão, qualquer problema você me liga, estou com o celular, mas garanto que não vamos demorar.

– Pode ficar tranquilo – respondeu Carlão. – Não vai ter nenhum problema. A gente promete que vai ficar aqui, em Paranapiacaba, te esperando – disse ele, rindo.

Serginho reuniu a turma e estava contando o que iria acontecer dali para frente, quando, então, teve uma surpresa:

– Vou ficar também – comunicou Fig.

Serginho não gostou de ouvir aquilo. Já não bastava deixar um aluno para trás? Agora, dois?

– Não estou com vontade de fazer essa caminhada. Prefiro ficar, afinal, a "culpa" foi minha.

Abel deu uma risadinha. Ficou contente ao saber que o amigo ficaria com ele. Serginho tentou argumentar, mas Carlão se responsabilizou pela segurança dos dois.

Todos convencidos e acertados, a turma se ajeitou e pôs-se a caminho. Carlão os acompanhou até o início da trilha. Abel não se conformava. Estava muito a fim de ir junto e, ao perder os amigos de vista, concluiu que o dia estava perdido, que nada mais iria acontecer de interessante naquela Vila.

7. A última foto

– Você podia ter ido com os outros, Fig – disse Abel. – Estava brincando quando eu falei que caí por sua culpa.

– Tudo bem – respondeu o amigo. – Prefiro ficar. Não sou muito de sol, de mata. Gosto do escuro, da noite...

– Você e os vampiros – brincou Abel. – Vai ver que você é um deles.

– Quem sabe? Vai ver que sou mesmo.

Se fosse, pensou Abel, já teria desaparecido debaixo do sol que surgira e que já havia, inclusive, expulsado a noiva outra vez.

– A única coisa que eu não gostei foi dessa história de babá.

– Que babá? – perguntou Abel.

– O Carlão! Não somos mais crianças.

– Para eles a gente ainda é. Que ridículo! Mas acho que o cara não vai ficar no pé. Afinal, o que você quer fazer? Já vimos o Museu, o Castelinho...

– Sei lá, andar à toa, ver umas garotas... Você não consegue andar mesmo?

– Me deixa ver se já melhorou – Abel apoiou as duas mãos no banco e deu um impulso para ficar de pé. Ensaiou uns passos e percebeu que daria, sim, para caminhar, mesmo mancando um pouco. – Pelo menos não precisamos ficar aqui no Museu o tempo todo.

– E aí, garoto, – disse Carlão, retornando após ter indicado outro monitor para guiar a classe. – Está melhor?

– Sim – respondeu Abel.

– Fico feliz. Olha, é o seguinte: tudo isso foi meio inesperado, e hoje é um dia em que eu preciso resolver algumas coisas. Vou ao meu escritório rapidinho, peço ajuda para uns amigos e volto logo. Vamos encontrar algumas coisas bem interessantes para passar o tempo. Só não podem sair daqui, certo?

Os garotos concordaram, desanimados, e Carlão saiu novamente, em passo apressado, para resolver seus problemas.

– Tá vendo? Foi fácil nos livrarmos da nossa "babá" – brincou Abel.

– É, só que vamos ter que ficar esperando que "ela" volte.

– Vamos aproveitar para terminar de ver o que tem pelo Museu.

Eles andaram até uma velha locomotiva que estava estacionada no galpão e que guardava algumas coisas curiosas. As portas estavam abertas e, bem ao centro, havia uma mesa de bilhar. Todo o vagão era muito luxuoso.

– Gostei da locomotiva. – disse Abel. – Fig, tira uma foto minha. Quero sair na frente dela.

– Ihhhh, não sei, não. Esta câmera já causou muita confusão hoje.

– É só você tomar cuidado e olhar por onde pisa – brincou Abel. – Pode deixar que, se eu perceber que você vai cair, vou gritar beeeeem antes.

Fig pegou a câmera, contrariado, tirou a foto e a devolveu para que Abel aprovasse a imagem.

– Ah, não! Quando não corta a cabeça ou um braço, você corta os pés.

– Então, tira você mesmo no automático e não reclama.

– Não, não é possível. Cara, você tem que tirar uma foto certa uma vez na vida. Toma, tira de novo porque aqui não tem apoio para eu colocar a câmera e usar o automático.

Fig, impaciente, pegou a câmera, segurando-a pelo cordão que a sustentava e, de repente, ouviu um grito de Abel.

– Fig, cuidado! Você vai... – Fig achou que fosse brincadeira, pois não havia nada pelo chão que pudesse derrubá-lo. Só então que ele ouviu um estalo muito alto, como se algo estivesse se quebrando. Ele não quis olhar, mas teve uma ideia do que se tratava quando percebeu um flash disparando. – Você quebrou minha máquina! – foi o que ele ouviu.

O cordão da câmera havia se soltado e Fig, não percebendo que ela estava, literalmente, por um fio, virou-se para tirar a foto. Naquele momento, a máquina deu um rodopio e acabou batendo fortemente em um dos painéis com imagens antigas.

Fig ficou sem jeito: não queria tirar a foto, mas também não desejava quebrar a máquina do amigo.

– Não exagera, Abel. Quebrou nada, até disparou o flash, que eu percebi.

– Sei não. Olha só, chegou até a tirar uma lasca do painel.

Isso era o mais preocupante. Várias vezes lhes disseram que não deveriam tocar em nada para não destruir o patrimônio.

– Me devolve a câmera – pediu Abel.

– Eu te avisei – resmungou Fig.

– Me deixa ver se está tudo ok. Se ela quebrou, você acaba de arranjar um grande problema.

8. As imagens não mentem

A noiva já estava voltando. Abel ligou a câmera com grande expectativa. Havia tirado muitas fotos desde o momento em que saíra de sua casa: as bagunças dentro do ônibus e tudo o que vinha descobrindo. Não tinha vontade alguma de voltar ao Castelinho.

– Bom – disse ele quando a câmera ligou. – As fotos estão aqui, felizmente. Vou ver se ela está funcionando. – Abel focou na direção da noiva e clicou. A neblina, lentamente, ia cobrindo o galpão.

– Deve estar funcionado – resmungou Fig. – Você já sabe: não me peça mais para tirar nenhuma foto!

– Pode ficar tranquilo. Depois... – Abel parou de falar.

– O que foi? Aconteceu alguma coisa? Pronto, vai dizer que a culpa foi minha.

– Sei lá, que estranho. Olha, saiu uma mancha no meio da neblina.

– É mesmo – confirmou Fig, olhando o visor. – E ali não tem nada disso. Tira outra para ver como é que sai. Vai ver que foi alguma tremida que você deu.

– Eu não tremo. Além disso, a máquina é moderna e não deixa nem você fazer uma foto tremida – resmungou Abel, direcionando a câmera para o mesmo ponto, desconfiado de algum defeito. Apertou o botão, esperou um segundo e a imagem se formou no visor. – Aqui está de novo.

– É mesmo. Mas veja, acho que ela mudou um pouquinho de lugar. – notou Fig. – Xi, será que o defeito se move?

– Não fala bobagem, cara. Vou dar um *zoom* nesta foto.

Abel ampliou a imagem e percebeu que as duas manchas eram mesmo diferentes.

– Vou tirar outra, mais de perto.

Abel deu alguns passos, com cuidado, focou no mesmo lugar e apertou o botão. Não deu outra, o problema surgiu outra vez.

– Bom, acho que sua câmera já era!

– Não é possível – Abel tirou uma foto de outro ponto e nada da mancha. Então, fotografou o local

anterior e ela reapareceu. – Agora quero entender o que é isso. Será que...

– O que foi?

– Fig, acho que estou ficando louco.

– Você não vai conseguir virar algo que você já é. – brincou o amigo.

– Não. Olha só. Essa mancha, na última foto que eu tirei, parece uma pessoa, sei lá. Olha bem.

– Pessoa? Ih, acho que vou ter que acreditar que você está mesmo pirando – Fig apontou para o local de onde a foto havia sido tirada e continuou: – É claro que ali não tem ninguém... – de repente, Fig parou de falar e pegou a câmera da mão de Abel. – Cara, que coisa estranha. Parece mesmo que tem uma pessoa na foto.

Os dois se olharam.

– Ah, não, não pode ser, você está brincando comigo – disse Fig. – Está querendo me assustar.

– Tira uma, então.

Fig pegou a câmera e bateu a fotografia. O segundo que a imagem demorou para surgir foi uma eternidade.

A mancha permaneceu.

– Viu só? – disse Abel. – Não estou fazendo nada.

Os dois se olharam, procurando uma explicação. Tomado pela curiosidade, Abel deu mais alguns passos, aproximando-se do local onde estaria o defeito, e programou a câmera para que ela tirasse uma sequência de fotos. Então, comprovou o que não queria acreditar. Havia mesmo uma pessoa saindo nas fotos. Era uma criança, agora podia ver melhor.

– Cara, vamos sair daqui! Já! – disse Fig.

– Mas... Você pensa que é o quê? Um fantasm...

– Sei lá. Mas estou achando tudo muito estranho.

– Mas não é você que gosta de fantasmas?

– Gosto dos que não existem!

Abel olhou novamente para a sequência de fotografias e, desta vez, elas pareceram um filme. Foi então que ele teve uma ideia. Mudou a função da câmera para filmagem e apontou-a para o local. Fig, instintivamente, olhou para o visor ao mesmo tempo. Foi só apertar o botão e a mancha reapareceu, mas, agora, eles tinham certeza, era uma criança, uma menina, que usava uma roupa branca bastante enfeitada. Ambos estavam paralisados, assistindo à imagem rodando até que, de repente, a criança acenou para eles.

Não tiveram dúvida, saíram correndo sem acreditar no que tinham visto, apavorados.

9. O menino de branco

– Fig! Fig! Espera, para. Figueiredo!!!!! – Abel estava muito assustado e, mesmo sentindo dor, correu o mais rápido que pôde do local onde estava a menina. Fig já havia saído do galpão há muito tempo e só parou quando escutou seu nome, que detestava ouvir por inteiro.

– Cara! – respondeu ele, ofegante. – O que era aquilo? Se foi alguma brincadeira sua, não vi graça nenhuma.

– Que brincadeira? Não fiz nada, está louco?

– Então... Então... A gente... Será que acabamos de ver um fantasma?

– Acho que sim – disse Abel, procurando um lugar para se sentar e relaxar a perna, que doía um pouco. – Pensei que você fosse ficar contente, não veio para cá querendo encontrar um deles? Pois, então, achou!

– Não sei não, acho que a culpa é sua. Foi você que saiu do Castelinho dizendo que tinha sentido

ON
MENU
INFO

um negócio estranho. Vai ver que o fantasma está te perseguindo!

Abel concordou que o arrepio que sentiu quando a menina acenara para eles era muito parecido com o que sentira no Castelinho. O pior de tudo foi que aquela correria não ficou impune: o guarda do local foi atrás deles para ver o que estava acontecendo. Aquela agitação não era normal, nem permitida por ali. Fig estava prestes a contar o que tinha se passado, mas com o pé que estava bom, Abel chutou-o discretamente e ele ficou quieto. Depois que o guarda se afastou, voltaram a conversar.

– Está querendo que o cara pense que a gente é louco, é?

– Ué, vamos fazer o quê? Guardar segredo sobre isso? – questionou Fig.

– Não sei... Não sei o que fazer.

– Eu sei. Liga a câmera. Vamos ver o filme de novo. Você gravou, não gravou?

– Não, não gravei. Não temos como provar nada.

– Eu não acredito!

– Como é que eu ia adivinhar que um fantasma ia dar tchauzinho para mim? A câmera estava apenas no modo vídeo.

– Ninguém vai acreditar na gente, e eu não volto mais lá!

Nesse momento, eles olharam para a entrada do Museu e viram Carlão conversando com o guarda. Logo, o rapaz estava ao lado deles.

– E aí, meninos, o que aconteceu? Parece que viram um fantasma! – eles entreolharam-se e tiveram a mesma ideia. – O guarda me disse que vocês estavam correndo aqui dentro. Não podem, ok? Ainda mais você, Abel, com o pé do jeito que está.

– É que... Carlão, das histórias de fantasma que você costuma contar... Você acredita em todas elas?

–Oras! – disse ele, rindo. – Tem gente que sim. Outros pensam que são somente histórias para turistas. Algumas são muito famosas. A de um menino, por exemplo.

– Menino? Será que não era uma menin... – começou a dizer Fig, mas foi interrompido por Carlão.

– Dizem que o menino de branco morreu em um acidente na ferrovia. Ele passou o dia inteiro se despedindo de todo mundo, sem ninguém entender o porquê. Só depois, quando encontraram o corpo, foi que as pessoas compreenderam tudo.

– De branco? – perguntou Fig. – Tem certeza que era mesmo um menino?

– Sim – estranhou Carlão. – Quer dizer... É o que o povo diz. Por quê?

– Aconteceu uma coisa que eu não sei bem... Não tenho mais certeza...

– O que foi? Vamos lá. Falem.

– As fotos! – exclamou Fig. – Você tirou, eu, pelo menos tirei a minha. Mostra para ele. Assim, vai ficar mais fácil ele acreditar nessa maluquice.

– Que fotos?

Abel ligou a câmera e sentiu novamente o arrepio. Agora conseguia entender, era medo, pura e simplesmente medo. Começou a repassar as fotos e, quando chegou onde queria, mostrou para Carlão.

– Mas o que é que tem aqui? – disse ele, debochando. – Vocês estão achando que essa manchinha na foto é o menino de branco?

– Não exatamente. Achamos que é uma menina.

– Vocês andaram ouvindo histórias de fantasma demais. Provavelmente é um pouco de neblina que se destacou e...

– Não estamos brincando – disse Fig, sério. – Nós vimos mesmo alguma coisa, foi muito estranho, eu tenho certeza.

– Então, tá. Vamos até o local da foto e vocês me mostram o que viram.

O arrepio voltou. Abel e Fig não tinham certeza se aquela seria uma boa ideia.

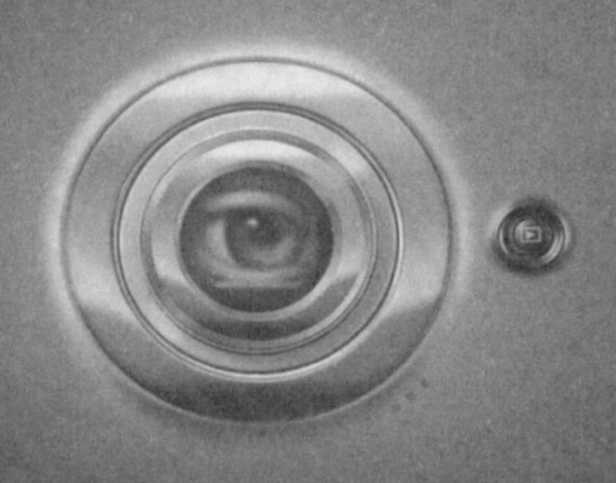

10. Uma voz do passado

Carlão voltou para o galpão com os meninos, achando muita graça daquela história. Era uma boa maneira de passar o tempo. Ele já tinha ido até o escritório e dividido suas tarefas com os colegas, estava livre para ficar com os garotos até Serginho retornar da trilha.

– Foi aqui que vocês viram o tal fantasma? – perguntou ele ao chegarem no ponto exato em que tudo tinha acontecido. – Pois não estou vendo nada.

– E não vai ver mesmo – disse Abel, alguns passos atrás. – Só dá para olhar com a câmera.

– Tira uma foto para ver se ela ainda está lá – disse Fig, mais afastado ainda.

Abel tirou a foto. Rapidamente, sem querer ver o que havia saído, entregou-a para Carlão para que ele conferisse a imagem.

– Sim – disse ele. – Está aqui, um borrão branco, só isso. Deve ser um defeito da sua câmera.

Abel olhou para Fig, com aquele jeito de quem está planejando alguma coisa.

– Vou colocar na posição vídeo e você se aproxima, sozinho.

Carlão pegou a câmera, procurando se entender com os botões, e fez o que Abel pediu. Ao direcioná-la para o local indicado, percebeu, nitidamente, o borrão. Desviou o olhar do visor e notou que, a olho nu, nada se via.

– Vai, continua! – falou Fig.

Carlão deu um passo, outro e mais outro, e o borrão começou a tomar forma. Ele estranhou que, quanto mais se aproximava, mais aquilo ia ganhando um contorno de gente. Caminhou mais e logo percebeu que havia uma criança sentada no banco, balançando as pernas, com certa calma.

– Vocês estão brincando comigo. Deve ser algum truque de computador – desconfiou Carlão.

– Que computador, cara! É só uma câmera. Não tem edição nenhuma.

“Mas, não pode ser” – pensou Carlão, esperando o momento em que os meninos começassem a rir dele. Talvez esperassem que ele saísse correndo, desesperado.

– Tá bom! – disse Fig. – Sei que é difícil de acreditar, mas, até eu, que curto fantasmas, jamais esperava um dia encontrar um. Não estou me sentindo muito bem por aqui. Quero ir embora. Vamos esquecer essa história.

– De jeito nenhum – disse Abel. – Temos que saber o que é isso. Eu não posso voltar para Paranapiacaba outro dia para descobrir o que aconteceu. Vou ficar imaginando o resto da vida o que seria isso.

Carlão ainda não conseguia acreditar. Olhou novamente no visor e a criança estava lá, sentada. Ela se parecia com algumas das que ele já estava cansado de ver nas fotos espalhadas pela Vila. Era uma menina, constatou ele. Ela usava um vestido branco, todo enfeitado...

– Ah! Entendi – disse Carlão, outra vez. – Vocês alugaram um vestido de época na loja de fotografias e aprontaram tudo isso! Pensaram que iam me enganar. Bela tentativa.

Havia mesmo, dentro do galpão, uma loja com figurinos de época, na qual os turistas podiam alugar trajes para serem retratados como se fossem antigos ferroviários.

– Tá vendo, Abel – disse Fig. – Ele não acredita e ainda inventou um jeito de melhorar a nossa "mentira". Chega, vamos embora daqui.

– Não, tem um jeito – disse Abel.

– Qual? – perguntou Fig.

– Fala com a menina Carlão! Pergunta qualquer coisa. Se ela responder, você vai perceber que não é armação.

Carlão olhou desconfiado para Abel. Talvez aquele fosse o ápice da brincadeira. Quando ele abrisse a boca para conversar com o vazio, eles iriam gargalhar. Resolveu entrar no jogo, olhou para o visor, se aproximou da menina até que a imagem dela ficasse perfeitamente enquadrada, quase em close, e disse:

– Olá, garotinha, tudo bem com você?

Carlão estranhou quando, de repente, ela o encarou, parando de balançar as pernas.

– Meu pai não gosta que eu fale com gente grande!

A voz veio fria, meio distante, e Carlão, ainda um tanto desconfiado, sentiu um leve arrepio e desviou o olhar do visor para os garotos. Por um momento, algo ali poderia ser realmente verdadeiro.

11. A menina que perdeu o trem

– Tá vendo? – disse Fig que havia escutado a resposta. – Agora você acredita?

– Vocês conversaram com ela? – perguntou Carlão, ainda incrédulo.

– Ficamos apavorados... – respondeu Abel – E ainda estamos, para ser sincero. Saímos correndo quando ela acenou para nós.

Carlão teve uma ponta de medo. Medo do quê? Afinal, era só uma garotinha, que mal poderia lhe fazer? Ela não parecia ameaçadora, não mudara de posição desde o momento em que a vira pela primeira vez.

– Acho que, por enquanto, não precisamos ter medo de nada. Vou tentar falar com ela. Podem ir embora. Daqui a pouco eu encontro com vocês.

Os garotos se entreolharam, ambos perceberam que a curiosidade era maior do que o medo. Com Carlão, uma pessoa da Vila que sabia de tudo por ali, sentiram-se mais seguros.

– Não – disse Abel. – Vamos ouvir e, espere aí – interrompeu ele. – Vou apertar o botão REC. Quero gravar tudo a partir de agora.

Carlão apontou a câmera outra vez para a menina e tentou retomar a conversa como se estivesse falando com uma das crianças que, de vez em quando, apareciam por ali em excursão.

– Olá. Eu sei que seu pai não quer que você fale com estranhos, e ele está certo, mas não vou lhe fazer mal. Pode conversar comigo – a garotinha olhou para ele com timidez. – Qual é o seu nome?

– Alice.

– Mas que nome bonito, o nome de uma história muito famosa, *Alice no país das maravilhas*.

– É do coelho! Eu adoro o coelho – disse a menina, e começou a relatar o que se lembrava do livro.

A criança lhe pareceu mais viva do que nunca. Ao relembrar a famosa aventura, ela se assemelhava a qualquer outra criança da Vila; falava baixo, às vezes procurando as palavras, com muita inocência. A leve penumbra do local em que estava não lhe conferia cores vivas, e a câmera captava uma imagem levemente cinza.

– Como é que você veio parar aqui? Cadê seu pai? Sua mãe?

– Meu pai me mandou esperar por ele. Prometeu que vinha me buscar, mas eu tinha que ser boazinha.

– Pergunta para ela para onde eles foram – sugeriu Fig, quase acostumado ao fato de estar na presença de um fantasma.

Abel mandou que ele se calasse, pois temia que a interferência do amigo pudesse atrapalhar o diálogo. Carlão prosseguiu:

– Faz tempo que você está esperando?

Ela ficou em silêncio, sem dar uma resposta.

– Meu pai me mandou esperar... – disse, mais uma vez. Ela repetia as mesmas coisas. – Ele disse que, se eu saísse, ele não ia conseguir me achar – a menina começou a chorar. – Ele está demorando muito.

Carlão ficou desnorteado ao ver a garotinha chorando. Imediatamente esticou a mão para tocar em seus cabelos, consolá-la. Com isso, perdeu a visão do pequeno monitor da câmera e percebeu que tentava pegar o vazio. Olhou novamente para o visor e lá estava ela, esfregando a mão nos olhos.

– Calma, não chore. Vou procurar seus pais.

– Xiiii! – disse Fig. – E se os pais dela também forem fant...

Abel deu outro cutucão no amigo.

– Vai mesmo? – animou-se ela. – Fala que eu estou aqui. Olha, ainda estou com o bilhete na mão, não perdi!

– Que bilhete? – perguntou Carlão.

– O do trem.

– Dá um *zoom*, dá um *zoom* que a gente consegue ler... – disse Abel.

Carlão aproximou a imagem, examinou o bilhete e lá estava o dia e o horário de uma viagem que já havia acontecido há mais de setenta anos. Abel sentiu um frio na barriga e pensou:

"Nossa, ela já perdeu esse trem há muito tempo".

– Estou com medo! – disse a menina.

– Olha só, o fantasma está com medo – comentou Fig, outra vez sem pensar no que falava.

– Fig, se eu tiver que lhe mandar calar a boca mais uma vez, é você quem vai virar um fantasma.

– Você promete que vai procurar meu pai? Promete? Avisa para ele que estou aqui. Eu não saio de jeito nenhum. Nunca mais.

– Por que "nunca mais"? – perguntou Carlão. – Você já saiu daqui alguma vez?

A garotinha ficou em silêncio.

– Eu não vou sair... Prometo. Você encontra ele pra mim?

– Pode ficar tranquila que vou tentar achar os seus pais.

A garotinha deu um sorriso, voltou a baixar a cabeça e a balançar os pés. Abel olhou para Carlão, querendo acreditar no que ele havia prometido.

Como é que ele ia encontrar os pais da menina? Uma menina de nome Alice que deveria ter tomado um trem há décadas.

Carlão desligou a câmera e ergueu-se, estava com as pernas dormentes de ficar ajoelhado.

– Ué, como assim? Por que você desligou? – perguntou Fig. – Agora que a gente começou, tem um monte de coisas que eu quero saber.

– É uma criança, está cansada – disse Carlão.

– Eu também estaria – acrescentou Abel. – Coitadinha, ela repete muito as mesmas coisas. Sei lá... Ficar aqui esperando por todo esse tempo...

– E, pelo jeito, vai esperar mais ainda – disse Fig. – Como é que você prometeu encontrar os pais dela, Carlão? Acho praticamente impossível.

– Fig, fala baixo. Vai saber se ela ainda consegue escutar a gente. Mas e então, Carlão, e agora?

Ele pensou por alguns instantes, olhou novamente para o local, a princípio tão vazio, por onde tantas vezes já havia caminhado. As histórias passaram rapidamente por sua cabeça. Foi então que, de repente, ele descobriu exatamente o que tinha de fazer.

– Já sei! Venham comigo.

Quem os visse deixando o galpão teria achado estranho que eles estivessem acenando, dando tchauzinho, para um lugar onde não havia nada, ninguém.

12. As lembranças escolhidas

– Ei, vocês dois, dá para andar mais devagar? – reclamou Abel.

– Desculpa – disse Carlão, diminuindo o passo. – É que essa história mexeu muito comigo. Você está bem?

Abel finalmente reduziu o ritmo da caminhada. O pé já não doía tanto, mas, segundo o médico, se forçasse, poderia piorar. Era melhor tomar cuidado.

– Vamos parar um pouco para você descansar – disse Carlão – Não falta muito...

– Pra quê? – perguntou Abel.

– Pra chegarmos à casa de Dona Augustina.

– Quem é Dona Augustina? O que ela tem a ver com a garotinha-fantasma? – perguntou Fig.

– Não sei se ela tem algo a ver com a garotinha-fantasma – disse Carlão, achando graça. – Mas talvez

ela se lembre da história de alguma menina que tenha se perdido na estação. Dona Augustina conhece, melhor do que ninguém, todas as lendas da Vila,

– Eu não sei se a gente devia se meter com isso.

– Como assim, Fig? – perguntou Abel.

– Sei lá. Essa coisa de fantasma. Ela estava quietinha esse tempo todo... Pelo que sei, não é uma boa ideia mexer com o que está quieto. Se a garota-fantasma tem que ficar lá esperando, talvez seja melhor mesmo que fique.

– Ela tem nome – disse Carlão, incomodado. – É Alice, podemos começar a chamá-la pelo nome.

– Hum, você já está íntimo dela? – brincou Fig.

– Não liga, Carlão – disse Abel. – Descobri que o Fig é um cara cheio de papo. Vive vestido de preto, contando um monte de coisas malucas e, quando encontra um fantasma de verdade, fica aí, morrendo de medo.

– Não estou com medo, só que...

– Entendo o Fig. Acho que eu também ficaria. Cresci ouvindo histórias de fantasmas, mas nunca as levei muito a sério. Só que agora, pelo jeito... Vou começar a acreditar em cada uma delas, como faz a Dona Augustina.

– Por acaso ela acredita em fantasmas? – perguntou Abel.

– Você já está melhor? – Carlão perguntou a Abel, sem responder a pergunta.

– Acho que sim, mas tenho que andar devagar.

– Então, vamos continuar. Já estamos pertinho.

Prosseguiram o caminho. A Vila tinha um movimento maior de turistas, famílias, crianças. Muitos se dirigiam para a festa do Cambuci. Abel ficou imaginando o que aconteceria com todas aquelas pessoas se soubessem que existia um fantasma de verdade esperando por um trem.

– Pronto, é aqui – comunicou Carlão, ao parar diante de uma casa de madeira, como tantas outras por ali: um cercado baixinho, um pátio florido. A porta era muito simples e, ao lado, havia uma janela semiaberta. Carlão bateu palmas e uma senhora, com idade entre setenta e oitenta anos, apareceu na soleira.

– Olá, meu filho! – disse ela. – Veio me fazer uma visita? Pode entrar.

Carlão empurrou o portãozinho e chamou os garotos para que o acompanhassem. Ele cumprimentou a senhora com um beijo e ela os convidou para entrar na casa. Na sala, havia um sofá para três pessoas e duas pequenas poltronas, que circundavam uma mesinha de centro, diante da qual repousava um velho aparelho de televisão. Sobre uma delas, apoiava-se uma boneca de rosto muito branco, de porcelana. Fig

a achou estranha, parecia até que possuía vida. Destacava-se na sala a foto de um homem de uns trinta anos, pai de Dona Augustina. Ele havia sido ferroviário e trabalhou por toda a vida naqueles trilhos. Foi por meio dele que Dona Augustina tomou gosto pelo local, pelas histórias. Nunca quis sair da Vila; não conseguia se afastar de suas raízes.

– Vou trazer um café para vocês – disse a senhora. – Acabei de passar.

– Obrigado – agradeceu Carlão. Os meninos tentaram fazer um gesto de que ela não precisaria se incomodar, mas foram rapidamente interrompidos por ele. Carlão já estava acostumado a recorrer aos conhecimentos de Dona Augustina e sabia que aquelas visitas eram sempre bem vindas. Algumas pessoas fugiam dela porque diziam que ela falava demais; outros, porque não acreditavam em nada do que ela contava. O cafezinho de boas vindas fazia parte do "pacote".

Logo, cada um recebeu um cafezinho, em xícaras decoradas.

– Espero que gostem – disse ela, sentando-se em uma das poltronas.

– Então – iniciou Carlão, tomando rapidamente o café. –, Dona Augustina, a senhora já ouviu falar de alguma história de criança que ficou perdida...

– Um monte... – respondeu ela, adiantando-se antes do final da pergunta. Carlão percebeu que havia cometido um erro, deveria ter formulado melhor a questão. Ela ficou um tempão falando de crianças que se perderam na ferrovia. Ela narrou desde casos muito antigos até um muito recente, de um grupo de aventureiros que havia entrado na mata sem um guia e que ficou perdido por dois dias. Só foram encontrados graças ao sinal fraco do celular de um deles. Quando ela começava a contar alguma história, não havia como interrompê-la.

– Sim, Dona Augustina – disse Carlão, procurando as palavras. – Mas eu queria saber se a senhora conhece a história de uma menina cujos pais nunca foram buscar, e que estaria até hoje esperando por eles, e pelo trem, com um bilhete na mão.

Ela ficou alguns minutos em silêncio. Carlão achou aquilo muito estranho, pois, normalmente, ela já teria disparado a falar.

– Ah! – exclamou ela. – A história da menina Alice.

Abel e Fig se entreolharam.

– A senhora conhece essa história? – perguntou Carlão. – Nunca me falou dela...

– É que é muito triste.

– E a senhora poderia contar um pouco mais? – perguntou Abel, quase ao mesmo tempo em que ligava a câmera na intenção de mostrar para ela o que haviam filmado.

– E o pior é que os pais dela aparecem por aqui todos os sábados para procurar pela filha – disse ela, como se fizesse um desabafo.

Pronto, aquilo era o suficiente. Carlão não imaginou que pudessem ter ido tão longe, tão rapidamente, mas Dona Augustina, embora misteriosa sobre aquele assunto, demonstrou que tinha muito a contar.

13. A surpresa do planeta

– O que foi que a senhora disse? Os pais da menina vêm todo sábado procurar por ela? – Abel não se conteve, ficou tão espantado como se tivesse visto um fantasma novamente.

– Sim, coitados. Toda semana eles aparecem atrás da filha.

– Aparecem quando? – perguntou Fig, ainda mais preocupado com aquela Vila. Será que era mesmo cheia de fantasmas?

– Todo sábado. Já disse!

Fig tremeu, afinal, era sábado.

– Mas, como é que a senhora sabe disso? – perguntou Abel.

– Ué, eles surgem e eu vejo, pronto!

– E como eles são? – perguntou Carlão, sob o olhar curioso dos garotos.

– Ai... Dá pena de olhar – murmurou. – Ela está sempre apoiada no peito do marido, parece que chorando e segurando uma boneca que foi da menina. O coitado não sabe o que fazer. Ele fica parado um tempo, olhando para o nada. Depois eles dão alguns passos e caminham em direção ao Castelinho.

Abel tremeu de novo.

– Na direção contrária à da menina... – disse Carlão, acreditando em tudo o que ouvia. Algo dentro dele, que sempre desconfiara daquelas "fantasias", havia se quebrado.

– Mas, se a senhora sempre vê os pais da garotinha – introduziu Fig. – Por que não avisa para eles do local certo?

Novamente, a senhora silenciou. A situação chamava a atenção porque, em alguns momentos, ela perdia toda a agilidade que tinha para falar. Era como se estivesse buscando uma resposta adequada. Por isso, Fig começou a desconfiar das coisas que ela dizia. Imaginou que, talvez, Dona Augustina não soubesse tanto assim.

– Eu não consigo conversar com eles – respondeu secamente.

– Não consegue? Por quê? – insistiu Fig.

– Não querem falar com ninguém – respondeu ela, sem mostrar muita convicção – A culpa por terem perdido a filha é muito grande.

– Hum... – murmurou Fig, ainda desconfiado.

– Além disso – prosseguiu a senhora –, os fantasmas sabem que a maioria das pessoas não consegue vê-los, por isso, nem tentam conversar com as que encontram por aqui. Eles só querem saber de ir para o baile e se divertir, não querem assustar ninguém.

– Baile? Que baile? – interessou-se Abel.

– Todo sábado acontece um baile para os fantasmas, lá no Clube Lyra Serrano.

Os três se olharam sem saber se ainda iriam se impressionar com qualquer outra coisa.

– Eles devem aparecer por aqui hoje, não é? – perguntou Carlão, mudando de assunto.

– Sim – confirmou a senhora.

– E onde é que eles aparecem? – perguntou Abel.

– Perto daqui. Onde o trem está parado.

– O Planeta? – perguntou Carlão.

– Claro, qual mais? – respondeu ela. – É o único daquela época que ainda para por aqui.

Novamente, todos se olharam, desta vez com a boca aberta.

– Como assim, ainda "para" por aqui? – perguntou Abel.

– Ué, como é que você acha que os fantasmas chegam? Voando? – comentou ela, após um gole de café.

Bem que Fig achou que aquela poderia ser uma possibilidade, mas, pelo jeito como ela explicou, parecia ser a coisa mais natural do mundo um trem, quase todo podre, ser o meio de transporte de um monte de...

– Espera... – estranhou Fig, depois um rápido raciocínio. – A senhora disse fantasmas. Quer dizer que vêm outros, além do casal que procura pela filha?

– Claro. Um trem daquele não poderia vir até aqui com pouca gente.

– Mas, Dona Augustina – retomou Carlão. – O trem não se move há décadas, como é que ele...

– Não é ele, é o fantasma dele!

– Ué, existe fantasma de trem? – perguntou Abel, que na hora lembrou-se do velho trem fantasma de um parquinho em que fora há alguns anos.

– Claro que sim – continuou ela. – E é uma beleza. Quando ele chega, até a noiva se afasta. Não sei de onde vem, mas sempre fico deslumbrada quando o Planeta aparece. Se bem que, de uns tempos para cá, perdeu um pouco a graça. Eu não vou mais lá.

– Por quê? – perguntou Carlão.

– Ah, é uma história muito complicada. Não quero falar sobre isso – disse a senhora.

– E quanto ao trem? – perguntou Carlão. – A que horas ele passa?

A Dona Augustina olhou no relógio e não teve dúvidas:

– Daqui a quinze minutos, sem um segundo de atraso, como os ingleses gostam.

Abel, imediatamente, pensou na câmera. Se conseguiam ver Alice, talvez conseguissem ver o trem fantasma.

– Então, vamos para o Planeta. Quem sabe a gente não pode, sei lá, falar com os pais da menina.

Carlão achou uma boa ideia.

– Se eu fosse vocês, tomaria um pouco de cuidado – disse a senhora. – Tem uns fantasmas que...

– Que o quê? – perguntou Fig.

Ela novamente ficou em silêncio, fez uma cara que parecia um misto de enfado e resignação e perguntou:

– Vocês querem ir lá porque realmente pretendem ajudar a garotinha?

– Sim – respondeu Carlão. – Acho que vale a pena tentar.

A senhora se levantou da cadeira, apoiou a xícara sobre a mesa e disse:

– Está certo, sei que vou me arrepender, mas acompanho vocês. Quem sabe não é essa a hora...

– Hora do quê? – perguntou Fig.

Depois de um pequeno silêncio, Dona Augustina disse:

– Vamos logo! Se tiver que ser, será hoje!

14. O dia em que Alice desapareceu

Caminhando até o local onde se deteriorava o antigo trem de luxo, Abel, Fig e Carlão descobriram mais sobre a história de Alice.

– Mas o que foi que aconteceu? Por que os pais não encontraram a garotinha? – perguntou Abel, ao que se seguiu um daqueles estranhos silêncios da senhora.

– O que o povo conta... – disse a senhora. – É que o pai dela era de uma família muito rica, de ingleses. O avô da garotinha tinha sido um dos primeiros engenheiros a planejar o local. Lá pelos idos do século passado, a família veio para o Brasil para visitar a nossa Vila. No entanto, eles tiveram de retornar para a Inglaterra. O pai de Alice era muito jovem, mas nunca esqueceu Paranapiacaba. Certo dia, ele conseguiu voltar para cá, trazendo sua mulher e a menina Alice para uma visita.

A caminhada até o Planeta estava lenta, pois, além de o passo da senhora ser curto, ela parava para cumprimentar cada morador que passava.

– Quando chegaram aqui, a neblina era muito forte e eles estavam ocupados em descer, despachar as malas. Dizem que eles eram muito amigos do Chefe da ferrovia, que os recebeu pessoalmente na estação.

– Então, a menina se perdeu na forte neblina? – perguntou Fig.

– Não – respondeu ela. – Foi durante uma visita do pai ao sistema funicular, que vocês já devem ter visto, lá onde é o Museu.

Carlão imaginou que era por isso que a menina estava lá, esperando pelo pai.

– Naquele dia, a mãe não quis ir junto, porque ficou conversando com a esposa do Chefe. As mulheres não iam às casas de máquinas, era um local de homens. Mas a menina tanto insistiu que o pai, que a amava mais do que tudo, resolveu levá-la com ele. A mãe lhe deu um casaquinho, e a menina pegou sua boneca favorita. Ela estava se divertindo muito, pensava que ia passear de trem. A mãe, para entrar no jogo, lhe deu um bilhete usado e avisou para não perder, pois aquela era sua passagem.

– O bilhete! – disse Abel.

Dona Augustina não entendeu a observação, e o garoto explicou, rapidamente, sobre o bilhete que a menina trazia.

– O pai levou Alice, e começaram a andar pelo galpão. Em seguida ela ficou cansada e pediu para se sentar. O pai encontrou um banco e, para evitar acidentes, pediu que ela não saísse dali. Informou a ela que, se não estivesse sentadinha quando o trem chegasse, não poderia embarcar.

– Pelo jeito ela não obedeceu... – comentou Fig.

– O que se sabe é que o pai foi chamado pelo engenheiro-chefe, que os acompanhava naquela visita, e, quando voltou, a garotinha não estava mais sentada no banco. Foi um grande susto. Começaram a chamar, a gritar por ela. Todos interromperam o trabalho para procurar Alice, mas ninguém a encontrou.

– Eu é que não queria estar na pele do pai. Já pensou? Ter de voltar e contar para a mãe que a menina havia sumido – disse Carlão.

– Ela enlouqueceu – disse Dona Augustina. – O pai retornou, abatido, amparado pelo Chefe. Ele contou, às lágrimas, que a filha havia sumido. Depois de uma semana de buscas, ninguém mais esperava vê-la com vida. A não ser a mãe...

– Coitada – murmurou Abel.

– Ela não dormia, não comia. Queria entrar sozinha no mato para procurar a menina. De vez em quando, saía pela Vila gritando, perguntando se alguém tinha visto a filha dela. Ela não queria mais ir embora. Foi com muito custo que conseguiram convencê-la a retornar para casa, na Inglaterra. E depois que foram, nunca mais voltaram.

– E ninguém nunca viu a menina lá na estação, esperando pelo pai? – perguntou Fig.

– Que eu saiba não, só vocês.

– E por que a senhora não contou essa história antes? – perguntou Abel.

– Eu não me recordo dessa história, Dona Augustina. – disse Carlão, querendo interromper a saraivada de perguntas que os meninos dispararam contra ela. – São tantos detalhes... Eu não teria me esquecido dela e, por aqui, não me lembro de alguém ter me relatado.

– O povo esquece – disse ela, com calma. – Os fantasmas, não.

– Por acaso foi um deles que lhe contou essa história toda? – perguntou Fig, desconfiado.

Dona Augustina olhou para ele e disse:

– Você é um menino muito esperto, sabia?

Pronto, pensou Abel. Fig ficaria todo convencido.

– Obrigado – respondeu ele.

– Tem alguns que falam, sim – continuou ela –, mas seria muito bom se certos fantasmas não fizessem isso.

– Quais fantasmas? – perguntou Abel.

– Um que está chegando... – disse ela. – e que não me deixa em paz, nem por um segundo.

Carlão se lembrou de que algo deveria ter acontecido, pois, segundo a própria senhora, ela havia deixado de ir até o local do Planeta porque alguma coisa a incomodava.

– Olha lá! – disse ela, apontando para um ponto vago no horizonte. – O trem já está chegando!

Todos olharam para o lugar que ela indicava, mas nada viram, assim como todos os turistas que tiravam fotos tranquilamente do velho trem abandonado. A única coisa que mudou foi a expressão de Dona Augustina, seu lábio se contraiu e a testa ficou franzida. A cada momento, percebia-se uma nova expressão em sua face, um novo mistério, um tom de quem via algo realmente impressionante.

15. Passageiros de outro mundo

Dona Augustina mirava um ponto fixo no horizonte e não parava de falar:

– Olha o trem! Olha o trem chegando!

Ela não fazia isso para chamar a atenção, embora falasse um pouco alto. Alguns transeuntes poderiam achar que ela estava louca, ou que haviam escutado errado. Ela poderia estar gritando somente: "Olha o trem!", mas não, ela era muito clara:

– Olha o trem chegando!

Abel, Fig e Carlão olharam para o local que ela apontava, mas não viram nada.

– Liga a câmera, Abel, rápido! – pediu Carlão, amontoando-se com Fig para observar o visor.

– O que é isso? – tremeu o garoto ao acertar o foco.

– Dá que eu seguro – disse Carlão, percebendo que o menino estava muito espantado.

– Não acredito no que estou vendo! – exclamou Fig, que olhava para o visor e, em seguida, para o local apontado pela velha senhora.

O Planeta parecia seguir os mesmos trilhos dos trens atuais, mas era tudo diferente nos tempos dele. Ele apenas vinha pelo mesmo caminho. Carlão demorou a aceitar, mas quando o trem se aproximou, e ele reconheceu o velho Planeta, levou um susto. O trem fazia um barulho suave e vinha lento, já diminuindo a velocidade ao se aproximar da estação.

– Acho que vou embora daqui – sussurrou Fig, com medo da aproximação do trem, mas, ao mesmo tempo, seguro, por saber que bastava não olhar para o visor que tudo desapareceria.

– Pois eu não vou de jeito nenhum – respondeu Carlão.

– O que será que as pessoas vão achar quando perceberem que tem um trem chegando aqui? – perguntou Abel.

– Nada – respondeu Carlão. – Não vamos contar nada!

– Por quê?

– Porque talvez isso possa causar algum pânico. Veja só o estado do seu amigo. Imagine uma Vila inteira apavorada, ou pior, muito curiosa, e atrapalhando tudo o que a gente pretende fazer.

Agora que o trem estava mais perto, ele parecia flutuar, os próprios trilhos se formavam à medida que ele se locomovia. Ainda deslumbrado com a visão do Planeta naquele pequeno visor, Abel imaginou se poderia ver algum passageiro.

– Vou dar um *zoom* – disse Carlão, apertando um botão e movimentando a câmera em direção à janela. O trem estava próximo da plataforma. – Não adianta, não dá para enxergar nada.

O Planeta parou. Dona Augustina olhava descompromissada, torcendo o lábio de vez em quando. A expectativa era a de ver os passageiros. Quem sairia daquele trem? Como seriam as pessoas? A porta se abriu. Os três, instintivamente, deram alguns passos, procurando se posicionar no melhor ângulo para ver a saída dos fantasmas.

– Será que eles vão sair voando? – perguntou Fig.

– Quieto! – falou Abel.

Então, de repente, duas moças apareceram na porta do Planeta. Eram etéreas, pareciam não estar ali, dava até para se ver através delas. Saíram apressadas, rindo muito.

– Estão sempre alegres essas duas...

Abel já ia mandar a pessoa que falou calar a boca, mas se conteve a tempo ao perceber que era Dona Augustina quem havia feito o comentário.

– A senhora sabe quem são elas? – perguntou ele.

– Sim... Mas é melhor não lhes dar muita confiança. Não é quem vocês estão procurando – disse ela, encerrando o assunto.

Em seguida, desceu outra mulher, elegante. Ela lembrava muito algumas das pessoas que estavam nas fotos antigas espalhadas pela Vila. Usava um vestido colado ao corpo e um pequeno chapéu. Trazia uma espécie de lápis na mão e um caderninho. Ela não tinha pressa, caminhou lentamente, ao contrário das garotas. Uma figura curiosa.

Os fantasmas não paravam de surgir. Eram homens, mulheres, alguns idosos.

– Nossa, será que isso não acaba? Não achei que ele fosse tão grande – disse Abel, pegando a câmera de volta.

– Também estranhei no começo, pois o trem me parecia pequeno, – disse Dona Augustina, desanimada – ... mas, para o baile ficar animado, sempre chegam muitos fantasmas. Antigamente, quando eu vinha... Ah, não, ele está aqui! Eu sabia que não deveria ter vindo.

Um rapaz vestido de terno, com um cravo na lapela e chapéu na cabeça, apareceu em uma das janelas do trem. Retirou seu par de luvas, guardando--as no bolso. Colocou a cabeça para o lado de fora do

Planeta, procurando por alguém. Pela primeira vez, Fig, Abel e Carlão, perceberam que um dos fantasmas olhava para eles, pela câmera.

– Será que ele está vendo a gente? – perguntou Fig, tremendo.

O rapaz acenou na direção da senhora, abriu um grande sorriso e disse:

– Augustina, *my darling*, você voltou! Quanto tempo!

Ele desceu do trem e se dirigiu direto para Dona Augustina, passando pelos rapazes. Abel mantinha o fantasma em close, para não perder nenhum movimento dele, queria tentar ver detalhes do seu rosto.

– Ah, quanto tempo! Senti muito a sua falta. Você não mudou nadinha, continua linda como sempre.

– Saia daqui, não gosto de conversar com fantasmas.

– Mas eu não sou um fantasma qualquer. Nunca mais fui até sua casa, não incomodei... – disse ele. – *Anyway*, você ainda está brava comigo depois...

– Vá logo para o seu baile! Ele já vai começar – resmungou Dona Augustina.

– Mas, como vou me divertir se você não estiver lá comigo?

– Abel – disse Fig. – É impressão minha ou ele está paquerando a Dona Augustina?

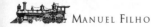

– Creio que sim. Acho até que... – Abel sentiu o estranho arrepio novamente, mas, desta vez, pareceu-lhe haver uma razão clara para aquilo. No visor, surgiu uma mancha atrás daquele fantasma do rapaz, algo desfocado e, ao contrário dos outros fantasmas que continuavam a sair do trem em direção ao baile, aquele vinha na direção deles, um tanto ameaçador...

16. Uma família separada

– Eu não sei... – disse Fig. – Esses fantasmas estão tão alegres e festivos. Sempre achei que fossem tristes, com vontade de assustar os outros, que gostassem de escuro... – Fig começava a achar que a roupa que usava não combinava muito bem com toda a ideia que tinha de assombrações.

– Talvez você não esteja tão enganado – disse Abel. – Olha aqui, Carlão, o que você acha que é aquilo vindo lá no fundo?

Carlão ainda não conseguia acreditar no que estava acontecendo. Até preferia imaginar que seus olhos o estivessem enganando. Não se sentia à vontade, dependendo de uma câmera para observar os fantasmas. Queria ser como Dona Augustina, que os via sem qualquer recurso. Aliás, aquilo era bastante estranho.

– O quê? – perguntou Carlão. – O que você está vendo de esquisito?

Abel estendeu a câmera para ele.

– Olha bem, lá no fundo. Parece que uma mancha vem se aproximando de nós, está vindo no caminho contrário ao de todos os outros fantasmas.

Os fantasmas continuavam subindo a rua em direção ao Clube União Lyra Serrano. Era curioso vê-los caminhando e sendo atravessados pelos turistas distraídos. Carlão usou o *zoom* da câmera e, de súbito, a expressão de seu rosto mudou completamente. Até os garotos se assustaram.

– O que foi? Parece até que viu um fantasma...

– Fica quieto, Fig – disse Abel. – O que foi, Carlão?

– Eu acho... Acho... – olhou outra vez no visor. – Meu Deus, é o engenheiro-chefe, eu reconheço! Aquele bigode, o colete, o relógio dependurado...

Abel olhou novamente no visor e se lembrou de ter visto uma foto daquele homem no casarão.

– Dona Augustina! Dona Augustina! – chamou Abel. – Tem um homem vindo para cá, na nossa direção, o que ele quer?

Finalmente a senhora havia conseguido se livrar do fantasma namorador que, tristonho, seguiu o caminho dos demais fantasmas para o baile.

– De que homem você está falando? – perguntou ela.

– Aquele, veja – disse ele estendendo a câmera para ela, que a ignorou totalmente olhando para o local que o garoto apontava.

– Ah! Acho que chegou o momento que vocês estavam esperando.

– Como assim? – perguntou Fig.

– Não se preocupem. O Chefe não vai falar com a gente. Ao menos ele nunca falou comigo, duvido que isso mude. Ele só vem esperar...

– Esperar... esperar o quê? – perguntou Carlão.

– Olhem para o trem que vocês vão entender – finalizou Dona Augustina.

Aconteceu o que ela havia dito. O fantasma do Chefe passou direto por eles, sem lhes dirigir qualquer palavra, nem mesmo um olhar, e parou diante do trem. Então, dois fantasmas saíram lentamente do vagão. Um homem, mais ou menos da mesma altura do Chefe, usando uma roupa muito elegante constituída de terno, colete e chapéu. Ao lado dele, havia uma figura impressionante: uma mulher, muito triste, praticamente carregada pelo homem.

– São eles?! – gritou Abel após um olhar de aprovação de Dona Augustina.

– É agora, vamos logo acabar com isso – disse Fig, criando coragem. – Hei, seu fantasma! – gritou ele.

– O que você está tentando fazer, Fig? – reclamou Abel. – Você acha que o fantasma é surdo?

– Ué, quero logo contar para eles onde a menina está e terminar com esta história.

– Não adianta – disse Dona Augustina. – Vocês não vão conseguir falar com eles. Quando chegam aqui, estão sempre muito desorientados.

– Precisamos avisar que sabemos onde a menina está. Afinal, não foi para isso que viemos aqui? – questionou Abel.

– A senhora já tentou, por acaso? – perguntou Fig.

Novamente, Dona Augustina se perdeu naquele estranho silêncio.

– Já, mas eles não me ouvem – respondeu ela.

– Ela está muito triste – disse Carlão, dando um close na mulher. – Precisamos fazer alguma coisa. Mas, o quê?

– Venham, vamos tentar falar com eles – disse Abel, novamente de posse da câmera.

Procuraram chamar a atenção dos fantasmas de todas as maneiras. Pularam, gritaram, e até mesmo os

atravessaram algumas vezes. Os turistas acharam engraçado aquele menino todo vestido de preto dando pulos diante da câmera. Abel não parava de filmar, Fig pulava e Carlão acompanhava Dona Augustina, que os seguia com calma.

– Eu sabia que não deveria ter vindo aqui – disse ela. – Vou-me embora. Vocês não vão conseguir nada.

Ela arrumou seu cachecol e seguiu para casa. Carlão não tentou impedi-la, pois ela realmente parecia muito desconfortável ali. Ele já estava se acostumando com a ideia dos fantasmas. Sua preocupação voltou-se inteiramente para a menina. Não achava justo que a família estivesse tão próxima e que não conseguissem se encontrar.

– Não adianta – reclamou Fig. – Já pulei, gritei, dancei e eles nem olharam para mim. Parece até que sou eu que não existo.

– Também não sei mais o que fazer – disse Abel. – E eles não estão indo para o baile.

– A última coisa que eles querem fazer é ir dançar. Vejam – apontou Carlão. – Acho que vão direto para o Castelinho com o Chefe.

– E o que a gente faz? Até Dona Augustina já desistiu – disse Abel.

– Acho que a Alice vai ficar naquele galpão para sempre. É melhor esquecer. – lamentou Fig.

– Não sei... Tem que haver uma solução. Esperem! – disse Abel. – Vocês vão pensar que eu estou maluco, mas acho que acabo de encontrar um jeito de resolver o problema.

– Como? – perguntou Fig. – Fala logo.

– É melhor não perder tempo explicando. Venham comigo!

Abel desligou a câmera, e Fig e Carlão saíram atrás dele. Apesar do receio dos dois quanto ao que iriam fazer, a curiosidade era bem maior.

17. Nada será como antes

– Para onde é que a gente vai? – perguntou Fig, já sobre a ponte que levava ao museu ferroviário. – Você se esqueceu de que está machucado?

Foi só ouvir aquilo que Abel sentiu uma pontada. A dor, porém, não era o mais importante. Já havia melhorado bastante e, depois de tudo o que acontecera, ele nem se lembrava mais do pequeno acidente.

– Vamos encontrar a menina que perdeu o trem. – disse Abel.

– É essa a sua grande ideia? Que decepção! – disse Fig, ofegante. – Já conversamos com ela e de nada adiantou.

– Sim – prosseguiu Abel. – Mas é com os pais dela que precisamos ter uma conversa.

– Tá bom! – ironizou Fig. – E olha, não sei se você percebeu, mas eles estão em lados opostos da Vila. Não seria melhor se, pelo menos, a gente os levasse para encontrar a filha? Ou será que... Ah, já sei. Você está indo buscar a menina para os pais.

– Mas... – interrompeu Carlão. – Ela já disse que não vai sair de lá.

– Se vocês ficarem calmos – disse Abel, já chegando à plataforma –, eu explico. Sei de tudo isso que vocês falaram, mas tive outra ideia que, talvez, dê certo.

– Conta logo! – disse Fig.

– Vamos tirar uma boa foto de Alice e levar até os pais dela. Pode ser que, quando virem a imagem na telinha, entendam que precisamos falar com eles. Eu tinha pensado em mostrar a filmagem que o Carlão havia feito, mas não está boa, aparece só uma mancha brilhante.

– Boa ideia, Abel – disse Carlão, acelerando o passo.

– Ainda acho que seria melhor se a garotinha resolvesse vir com a gente, para acabar logo com tudo isso – completou Fig.

Chegaram ao galpão e foram imediatamente ao local onde Alice estava. Abel ligou a câmera e viu que a menina permanecia no mesmo lugar, balançando os pés.

– Oi – disse ele focando-a. – Tudo bem?

– Eu quero minha mãe – respondeu ela, como qualquer outra criança. – Daqui a pouco fica escuro, e eu tenho medo...

Carlão quis dizer alguma coisa, mas, ao mesmo tempo, ficou sem palavras. Temeu que nada do que estivessem fazendo desse certo.

– Vim tirar uma foto sua – disse Abel, já apertando o botão. A foto que apareceu lhe agradou, mas resolveu bater outra para garantir. A menininha era linda, e logo fez Abel se lembrar das imagens que havia visto pela Vila e de como as pessoas estavam sempre bem arrumadas. Tirar uma fotografia deveria ser um grande evento na época: reunir a família, preparar a roupa, ficar diante de um cenário e aguardar pelo fotógrafo.

– Mostra a foto para ela – disse Carlão. – Vamos ver se ela gosta.

– Acho que é mesmo uma boa ideia – disse Fig. – Já pensou se fant..., quer dizer, gente na situação dela não consegue ver fotos? Teremos perdido a viagem.

Abel girou a câmera para ela e, pelo áudio, ouviram a garotinha rindo.

– Sou eu – disse Alice. – Queria mostrar para minha mãe.

Os três sorriram. Já que ela podia se ver, talvez seus pais também pudessem. Despediram-se dela, desligaram a câmera e foram embora do museu.

– Já pensou se os pais dela acharem que prendemos a menina na câmera? Vão nos assombrar pelo resto da vida. Na época deles não tinha uma máquina tão moderna – disse Fig, parando de caminhar. – Quer saber, estou fora, não vou mais atrás disso.

– Deixa de ser medroso – irritou-se Abel. – Viemos até aqui e eu não vou deixar por isso mesmo. Temos que ir até o Castelinho. Foi para lá que o Chefe levou o casal.

– Pode ficar tranquilo, Abel. Também vou até o fim da história – disse Carlão. – Se o Fig quiser, pode ficar olhando de longe, mas tem que ser em um lugar onde eu possa te ver, afinal, estou "tomando conta" de vocês dois, esqueceram?

– Eu não sou criança! – reclamou Fig.

– Mas está parecendo – respondeu Abel. – Você vem ou não?

Fig emudeceu. Abel saiu caminhando seguido por Carlão, que se virava para trás, como se aguardasse a decisão final do garoto. Então, a noiva começou a chegar. Fig sentiu um arrepio, este somente de frio. No entanto, entre ficar sozinho no meio de fantasmas que não conseguia ver e estar com os amigos que podia enxergar, Fig decidiu:

– Tá bom, Alice! Você venceu – disse ele, disparando atrás dos amigos.

18. Um difícil encontro

Enquanto caminhavam em direção ao Castelinho, Abel se preocupava em ter que encontrar-se novamente com o Chefe. Não sabia muito bem o porquê, mas sentia que ele poderia causar algum problema.

– Pronto – disse Carlão. – Chegamos. Só temos que encontrar os pais de Alice e o Chefe.

– Liga a câmera – Fig disse para Abel.

Entraram no Castelinho. Carlão ia à frente, pois, como conhecia os funcionários, eles poderiam andar tranquilamente pelo local.

– Aqui não estão – disse Abel girando a câmera pela sala de jantar.

Andaram por mais alguns cômodos e não viram sinal algum dos fantasmas.

– Meu medo é que tenham saído – disse Carlão. – Vai ser muito difícil encontrar com eles pela Vila.

– E por que você acha isso? – perguntou Fig.

– Vocês não se lembram de que a Dona Augustina disse que eles ficavam andando atrás da filha? Se for assim mesmo, vai ser difícil encontrá-los. Acho que eles devem estar reconstituindo o que aconteceu no passado. Primeiro caminham até aqui, depois percorrem a Vila.

– Aqui embaixo eles não estão – avisou Abel, mirando a câmera para a escada. – Acho que vamos ter de ir lá em cima.

Abel subiu primeiro, seguido por Carlão e Fig. Nada de diferente aparecia no visor, nem mesmo turistas, que estavam apenas na parte térrea do Castelinho. Ao terminarem a subida, Abel saiu direto no escritório e teve uma surpresa quando viu, apoiado na janela, o Chefe, admirando a ferrovia, como deveria ter feito ao longo de todos os anos em que foi responsável pela estação.

– O Chefe! – assustou-se Fig.

Abel tentou fazer com que ele se calasse, mas, ao vê-los, o fantasma se aproximou e gritou.

– Saiam da minha casa. Agora!

Fig tremeu. Aquele, sim, era um fantasma do jeito que ele imaginava: zangado e com um tom de alguém que procurava vingança. Abel tremeu com a câmera, e Carlão teve coragem de falar de volta:

– Não estamos fazendo nada de errado. Apenas queremos...

– Não quero ninguém na minha casa. Principalmente você! – gritou ele, apontando para Carlão. – Saiam daqui ou sofrerão as consequências!

Fig sumiu escada abaixo. Carlão tentou encontrar alguma resposta, mas Abel desligou a câmera tão rapidamente que ele ficou sem saber onde o fantasma estava. Acabaram saindo do Castelinho.

– Estão vendo? Essa história está ficando perigosa. Vou parar...

– Fig, você muda de ideia toda hora. O que está pensando? Precisa decidir o que quer.

– Calma, garotos – pediu Carlão. – Isso não é hora de brigar.

– Não é mesmo – disse Fig. – Vocês viram aquilo? O fantasma ameaçou a gente. Eu não entro no Castelinho nunca mais!

– Acho que, depois disso, nem eu – disse Abel. – E acho que ele não gosta de você em dobro, Carlão.

– Isso eu não entendi. Não me lembro de ter feito qualquer coisa de errado. Sempre respeitei a casa dele, nunca quebrei nada, não deixo os turistas fazerem bagunça...

– Você filmou tudo o que aconteceu? – perguntou Fig.

– Não! Apenas deixei pronto para gravar, estou economizando bateria.

– E agora? – perguntou Carlão. – Voltamos à estaca zero.

– Dona Augustina disse que eles ficam procurando a menina pela Vila. Ela deve saber por onde eles andam, afinal, já encontrou com eles várias vezes – disse Abel.

– É verdade! – concordou Fig.

– Vamos falar com ela. Talvez ela nos ajude mais um pouquinho – concluiu Abel.

Todos acharam boa a ideia e foram correndo para a casa de Dona Augustina. Ao se aproximarem, viram que ela varria a entrada da casa, tranquilamente. A senhora apenas ergueu a cabeça quando os viu se aproximando.

– E, então? Conseguiram alguma coisa?

– Não, mas levamos um baita susto – disse Fig.

– Susto? Mas o que foi que aconteceu? Entrem – convidou ela. – Vou trazer um pouco de água para vocês.

– Não precisa, Dona Augustina – disse Carlão, atrapalhando Fig, que realmente queria beber um pouco de água. – O dia está passando e nós ainda não conseguimos encontrar os pais da menina.

Carlão contou para ela sobre a ideia que tiveram da fotografia. Ela achou interessante, mas não fez cara de quem achava que eles teriam sucesso.

– Só mesmo a menina Alice para conversar com as pessoas, tadinha. Ela é muito inocente, acho que nem sabe que morreu. Eu não sei se os pais dela vão querer me ouvir.

– Por quê? – perguntou Abel.

A senhora não respondeu, era como se estivesse procurando algo para dizer.

– Que estranho – desconfiou Fig. – Eles deveriam ser mais curiosos, afinal, a senhora não disse que a mulher perguntava para todo mundo se alguém tinha visto a filha dela? Como é que ela não pergunta mais? Cansou?

Abel olhou para ele com cara de espanto. Fig era mesmo um mistério. Às vezes, todos achavam que ele não estava prestando atenção em absolutamente nada, e, do nada, ele trazia uma solução para certo problema ou levantava alguma questão interessante, como acabara de fazer.

A senhora olhou para o chão, depois para eles, e disse:

– Olha, acho que sei onde eles estão.

– E onde é? – perguntou Abel.

Ela olhou para os três e contou exatamente o local onde os fantasmas estavam. Carlão exclamou.

– É muito óbvio, como é que eu não pensei nisso antes?!

Em seguida, foram todos em direção ao Pau da Missa. Dona Augustina também foi junto, pois estava curiosa para saber se os fantasmas iriam reconhecer a foto da garotinha.

19. Tão longe, tão perto

– Alguém quer me dizer o que é esse Pau da Missa? – perguntou Fig, enquanto eles se aproximavam do tal lugar.

– É um eucalipto centenário, um dos símbolos da Vila. Ele está meio acabadinho, coitado, mas já foi um dos pontos mais importantes daqui. Como ele fica entre a parte alta e parte baixa, as pessoas costumavam pregar avisos nele. Era o, digamos, jornal da Vila – explicou Carlão, um tanto ofegante, pois nunca tinha corrido como naquele dia.

– O que os fantasmas estão fazendo lá? – perguntou Fig.

– Ora – disse Dona Augustina. – No tempo deles, o Pau da Missa era o melhor lugar para se conseguir notícias. Não tinha TV nem essas modernidades de hoje. Vejam! – exclamou ela. – Lá estão eles.

Abel não perdeu tempo, ligou a câmera e se aproximou dos fantasmas.

– Olá! – tentou ele.

– Mostra logo a foto – disse Fig.

Enquanto procurava a fotografia na câmera, Abel perguntou aos amigos:

– Como é que vamos saber se deu certo? O visor vai ficar virado para eles.

– É aí que entra Dona Augustina – disse Carlão. – Ela vai nos dizer qual foi a reação deles depois que virem a foto.

A senhora concordou com a cabeça, enquanto Abel girava a câmera na direção em que o casal estava. Ficaram aguardando para ver o que acontecia. Talvez, pelo áudio, como acontecera com Alice, eles conseguissem ouvir alguma coisa.

– Dona Augustina, eles estão vendo a foto?

Ela ficou alguns instantes em silêncio e respondeu:

– Levanta mais um pouquinho, isso, desse jeito e...

A senhora não disse mais nada.

– Dona Augustina! Dona Augustina! – perguntou Carlão. – Está tudo bem? A senhora está vendo alguma coisa?

Parecia que ela havia perdido a fala.

– Será que não é melhor a gente mesmo dar uma olhadinha no que está acontecendo? – perguntou Fig.

Abel estava muito curioso para saber o que se passava, mas sabia que, se virasse a câmera, poderia atrapalhar o que quer que estivesse acontecendo.

De repente, os olhos de Dona Augustina se encheram de lágrimas.

Carlão rapidamente amparou-a, parecia que ela havia sentido algum mal-estar.

– A senhora está bem? O que aconteceu? – perguntou Carlão.

– Desculpem, eu... Não consegui falar com eles – disse ela, chorando em seguida.

– Vou levá-la ao posto médico, acho que é bom dar uma olhadin...

– Não precisa filho, estou bem – respondeu Dona Augustina, secando os olhos.

A senhora se recompôs. Abel e Fig não sabiam o que fazer, ficaram sem ação por alguns instantes. No entanto, a vontade de ver o que estava acontecendo era tão grande que eles viraram a câmera para o Pau da Missa e tiveram uma grande surpresa.

– Sumiram! – exclamou Abel, girando a câmera para todos os lados. – Os fantasmas não estão mais aqui.

– E agora? – perguntou Fig. – Para aonde será que eles foram?

Aquela não era bem a pergunta que ele queria fazer. Pretendia que a senhora contasse por que não conseguiu falar com os fantasmas.

– O que foi que a senhora percebeu? – perguntou Carlão.

– Eles viram a foto? – Abel também aproveitou a oportunidade para colocar para fora toda a sua ansiedade. – Eles reconheceram a menina?

– Não, não viram.

– Assim não vai dar – resmungou Fig. – Eles precisam ir até o galpão!!!

– Não! – disse a velha senhora. – Não vai adiantar. Eles já passaram por lá hoje e não acharam nada.

– Como assim?! – espantou-se Abel. – Eles foram até o galpão e não encontraram a menina?

– É – disse a senhora. – Eles sempre vão lá, toda vez que vêm para Paranapiacaba.

– Como é que eles não veem a menina? – perguntou Abel.

– Não adianta – continuou Dona Augustina. – Eles não conseguem se ver...

– Mas se a senhora consegue, e até a gente com a câmera... – disse Fig.

Ela deu um grande suspiro, e disse:

– Vou contar uma história... Aí vocês vão entender o que está acontecendo.

20. Um fantasma muito diferente

– Então... – iniciou Carlão, ao terminar de ouvir a impressionante história que Dona Augustina havia acabado de contar. – para encontrar a menina, os fantasmas vão ter que entender tudo isso direitinho.

– Como? – perguntou a senhora. – Eu já tentei, mas...

Fig e Abel ainda estavam impressionados com tudo aquilo. A história era muito simples, mas, ao mesmo tempo, difícil de assimilar. Eles tinham de achar uma saída para aquela situação.

– Quanto tempo falta para os fantasmas irem embora? – perguntou Abel.

– Não falta muito – disse Dona Augustina. – Daqui a uma hora.

– É mais ou menos o tempo que vai levar para nossa turma chegar da trilha – disse Fig. – Acho que eles já devem ter começado o caminho de volta.

– Muito provavelmente – respondeu Carlão.

– Então, temos que tentar resolver isso tudo, e rápido – disse Abel. – Com eles por aqui, vai ser impossível fazer qualquer coisa.

– Ainda mais com todo mundo querendo ver a menininha – resmungou Fig.

– Tomara que, quando eles voltarem, não haja mais menininha alguma. – completou Carlão.

– E aí vão achar que sou mentiroso mesmo – resmungou Fig.

– O pessoal já acha Fig – brincou Abel. – Ninguém acredita que você vê fantasmas.

– Ha, ha, ha! Quero só ver se você vai continuar falando isso.

– Ok, você venceu. Mas eu não acredito em nenhuma outra história de fantasma, só nessa de Paranapiacaba, certo?

Fig resolveu ficar quieto.

– Agora que vocês pararam de discutir – disse Carlão. –, precisamos pensar no que fazer. Se alguém tiver alguma ideia...

– Parece que nada do que tentamos fazer deu certo – lamentou Abel. – A Dona Augustina já tentou contar, mas eles não ouviram, tiramos uma foto e, pelo jeito, também não funcionou.

– Será que é porque a gente é "gente"?

– O que foi que você disse, Fig? – perguntou Abel.

– Sempre que alguém tenta falar com eles, eles não respondem. Vai ver que não gostam mais de pessoas depois que viraram fantasmas.

– É isso! – disse Abel. – Fig, você é mesmo um gênio!

– Isso eu já sei! – respondeu ele. – Mas, sei lá, você poderia explicar melhor por que eu acabei de me tornar um gênio?

– Lembra que Dona Augustina disse que os fantasmas não se preocupam em conversar com as pessoas porque pensam que não conseguimos vê-los? Mas, e se outro fantasma tentasse falar com eles?

– Outro fantasma? – espantou-se Fig. – Você está louco? Um dos que conversou com a gente mandou ficarmos longe dessa história, lembra? Ou você quer ir falar de novo com o Chefe do Castelinho?

– Não, não é dele que estou falando. Ele não é um desses que chegam aqui só para se divertir, acho que é por isso que ele nos ameaçou. Ele deve ser um fantasma malvado, que sabe que as pessoas têm medo deles de verdade – disse Abel. – Estou falando daquele outro, o simpático... o namorador!

Todos olharam para Dona Augustina.

– Eu não quero conversar com ele!

– Mas, talvez, seja a nossa única chance. Acho que é mais fácil um fantasma conversar com outro – disse Abel.

– Calma! – interpôs-se Carlão, para controlar o garoto que parecia querer precipitar a decisão da senhora. – Não podemos forçar nada.

– Mas não temos muito tempo – continuou Abel. – A ideia pode ser maluca, mas é a única que surgiu até o momento. Acho que se convencermos o namorador a conversar com os fantasmas dos pais de Alice, eles vão entender e aceitar o que precisa ser feito.

– Dona Augustina, será que a senhora poderia fazer mais essa pequena tarefa? – perguntou Fig.

– Mas ele é muito, muito... – iniciou ela. – assanhado! Não gosto disso. Fantasma tem que ficar no mundo dele, e pronto.

– Nós vamos estar lá, qualquer tentativa...

– Vão fazer o quê? – desafiou a senhora.

Abel ficou sem ação. Não saberia o que fazer contra as investidas de um fantasma namorador sobre uma velha senhora.

– Fazer bastante barulho para ele sumir – brincou Fig, ao perceber que Abel não tinha uma resposta.

– E o bom é que, desta vez, sabemos onde o namorador está – disse Carlão. – No baile!

– Precisamos que a senhora converse com ele, explique tudo o que nos contou. Talvez ele nos ajude – disse Abel.

A senhora olhou para eles, deu um suspiro e disse:

– Está bem, vou fazer isso, mas essa vai ser minha última tentativa de resolver essa história.

Todos comemoram e correram para o baile dos fantasmas.

21. O que os olhos não veem

Ao se aproximarem do salão, não havia absolutamente nada que indicasse que estivesse acontecendo um baile por ali, o que era muito comum há algumas décadas. O Clube União Lyra Serrano era um dos principais lugares de diversão de Paranapiacaba. As festas eram muito concorridas, e vinham pessoas de outras vilas para participar. Fora isso, o clube também abrigava eventos esportivos e ainda preservava, atrás de prateleiras de vidro, os muitos troféus que lembravam aquele período.

– Vejam só – disse Fig, ao atravessar a porta de entrada do clube. – Aqui também está cheio de turistas.

Os visitantes passeavam pelos ambientes. À esquerda da entrada principal, havia uma sala de jogos que guardava uma antiga mesa de sinuca e, à direita, um pequeno bar vendia petiscos, doces de Cambuci e bebidas variadas. Ao centro, uma escadinha de poucos degraus levava ao salão de baile. Havia uma pequena bilheteria, que imitava a arquitetura das casas da região, com um simpático telhado e uma janelinha envidraçada por onde era possível ver o rosto do bilheteiro.

– O baile está acontecendo? – perguntou Carlão para Dona Augustina.

Ela olhou para os lados, um sorriso surgiu em seu rosto.

– Fazia muitos anos... – começou ela. – que eu não vinha aqui. Sim, o baile está... Que linda a orquestra!

Abel, sem perda de tempo, ligou a câmera. O que viu encheu seus olhos, e os de Fig e os de Carlão também. O salão estava lotado, muitos casais dançavam. As mulheres usavam um tipo de roupa que os garotos só haviam visto em bailes à fantasia: vestidos longos, com muitas fitas e várias pedras brilhantes. Algumas senhoras abanavam-se com leques. Senhores de fraque observavam o movimento. No palco, que ficava bem acima do nível do salão, a orquestra executava uma bela valsa. Havia ainda uma enorme cortina, como não se encontrava mais, que, caso fosse fechada, poderia esconder os músicos do público.

Abel girou a câmera e logo encontrou os camarotes. Ficavam ao fundo do salão, bem no alto, e, de lá , se tinha uma visão privilegiada de todo o espaço.

ON
MENU

A cada movimento da câmera, o vídeo revelava uma surpresa: os fantasmas dançavam, alheios aos turistas que perambulavam pelo salão.

– Que bonito! – disse Abel. – Dá vontade de mostrar para todo mundo.

– Já disse que é melhor não – respondeu Carlão. – As pessoas, além de geralmente não acreditarem em fantasmas, vão achar que editamos esse vídeo, que é armação nossa.

– Tem razão – disse Abel. – Por falar nisso, alguém já viu o namorador?

– Ainda não! – respondeu Carlão. – Dona Augustina, a senhora...

Ela não prestava atenção neles, estava encantada, deslocando-se de maneira tranquila pelo baile. Seus passos eram suaves, dançando ao ritmo da orquestra.

– Vejam – disse Abel, atraindo a atenção de todos. – Eu estou focalizando a Dona Augustina, mas, não sei... Parece outra pessoa, olhem!

– Incrível! – disse Fig, desviando o olhar para ver se era mesmo para ela que estava olhando. – Aqui na câmera ela parece mesmo outra pessoa.

Na filmagem, em meio aos fantasmas, Dona Augustina era uma garota muito jovem, em nada lembrava a senhora que conheciam. A roupa era a mesma que usava, mas o cabelo estava diferente. Era

mais comprido, cacheado e com um leve tom louro, muito diferente do real grisalho que ela ostentava.

– Olha que coisa estranha! – disse Abel, ampliando o foco da câmera. – Os fantasmas desviam dela, nossa, parece que todos veem que ela está ali.

Dona Augustina ainda não havia invadido o salão, apenas se movia lentamente por uma das laterais, mas, mesmo os fantasmas que se deslocavam por ali, se desviavam dela.

– Vamos lá – disse Carlão. – Não podemos perder mais tempo.

Os rapazes caminharam em direção à senhora e, enquanto isso, Abel ia se surpreendendo com a expressão alegre dos fantasmas que dançavam ao redor deles.

– Dona Augustina! – chamou Carlão, se aproximando. – Onde está...

Não terminou de falar e uma voz, ouvida pelo áudio da câmera, chamou a atenção de todos.

– Querida Tininha! Você veio! Finalmente! Agora, sim, o baile vai começar.

Era o fantasma que procuravam. Galante, ele se aproximou da senhora e fez uma reverência.

– A bela dama poderia me conceder esta dança?

Dona Augustina olhou para ele e, com desdém, respondeu:

– Já disse que não danço com fantasmas. Afaste-se de mim!

– O que veio fazer aqui, então? – perguntou ele, com ironia. – Vai me dizer que não sentiu a minha falta?

– De jeito nenhum. Por que eu sentiria sua falta? Um fantasma assanhado que...

– Ainda está com raiva de mim? Ora, esqueça aquilo, faz parte do passado e... – ele se virou para os rapazes. – Veja só, até trouxe seus amigos para o baile.

Eles olharam para o fantasma, e Carlão não perdeu tempo:

– Você está nos vendo? Pode falar com a gente?

– Claro que estou vendo vocês. Por que não veria? Os amigos da minha querida dama são meus amigos também.

Não fosse pela cara de pouca disposição de Dona Augustina, tudo estaria correndo como o combinado. Bastava pedir a ajuda do namorador e, pronto, a menina Alice voltaria para junto de seus pais.

A hora era aquela.

22. A condição

– Precisamos da sua ajuda – disse Carlão para o fantasma que não tirava o olho de Dona Augustina.

– Minha ajuda? – estranhou ele. – E o que um pobre fantasma como eu pode fazer por vocês? *Oh, I am so sorry!* – disse ele ao esbarrar em um casal de fantasmas que rodopiava. – Vamos sair daqui porque estamos bem no meio do salão e atrapalhando a dança...

O fantasma foi para um canto do salão. Todos os seguiram e ele logo retomou a conversa.

– Faz tanto tempo que ninguém pede a minha ajuda que, devo confessar, estou surpreso.

– O negócio é o seguinte – começou Abel. – Você conhece um casal de fantas... – o garoto interrompeu o que ia dizer, não sabia se era educado chamá-lo de fantasma.

– Por que parou? – perguntou ele.

– É que eu ia chamá-lo de fantasma, mas não sei se...

– Ah, é esse o problema. Não se preocupe. Acredito que você não deva ter visto muitos outros, certo?

– Até o dia de hoje, não.

– *Never mind*! – respondeu ele. – Pode me chamar pelo meu nome, Jay.

– Jay, você conhece um casal de fantasmas que está procurando pela filha?

– Sim, conheço. Eles são muito infelizes. Até já os convidei para o baile, mas eles não vêm de jeito nenhum... Faz tanto tempo que eles procuram pela filha que... *I don't know what to say*.

– Nós sabemos onde a criança está – disse Carlão.

– Sabem? – Jay ficou curioso.

– Sim, e precisamos que você conte para eles o local em que poderão encontrá-la – completou Fig.

– É esse o favor que vocês queriam me pedir? – perguntou o fantasma.

– Sim – respondeu Abel. – Até tentamos conversar, mas acho que eles não conseguem nos ouvir.

– Entendo. Alguns fantasmas são mesmo temperamentais. Afinal, onde a criança está?

– No galpão dos trens, onde hoje é o Museu Ferroviário.

– Museu? – estranhou Jay. – Ah, sim, eu me lembro. Nos meus tempos, aquilo tudo funcionava que era uma maravilha. Fiz grandes amizades naquela época, inclusive com a Tarsila.

– Tarsila? Que Tarsila? – perguntou Fig.

– Ah, ela se tornou uma grande artista, a Tarsila do Amaral. Fez uns quadros muito bonitos, o *Abaporu*, o *Antropofagia*. De vez em quando ela vem para cá. A propósito, vocês por acaso viram uma moça com um bloquinho de papel fazendo desenhos por aí? Pois então, é ela.

Abel se lembrou mesmo de ter visto uma jovem com um bloquinho de papel na chegada do trem, mas isso não era o mais importante a se pensar no momento.

– Estávamos falando do Mus... – retomou Abel, logo interrompido por Jay.

– Ah, sim, me desculpem, vocês falaram de museu e eu me lembrei de outras coisas. Mas, é estranho, não acredito que a menina esteja lá.

– Por quê? – perguntou Carlão.

– Eu mesmo já fui procurá-la, junto com os pais dela, para ver se acabava com todo esse sofrimento, mas não avistei ninguém.

– É exatamente esse o problema. – disse Fig.

– Como assim? – perguntou Jay, observando que Dona Augustina se levantara.

– Você é mesmo pouco... perspicaz – disse ela. – O casal nunca vai encontrar a menina.

– *Why*?

Dona Augustina desfez a cara feia e disse:

– Quando a menina se perdeu, somente o pai estava com ela. Alice está esperando por ele, não pelo pai e pela mãe. Quando entram os dois no local em que ela se perdeu, é como se o tempo deixasse de existir e eles não pudessem se encontrar. Os três nunca estiveram juntos lá dentro, só do lado de fora. A mãe só apareceu no galpão depois que ela sumiu, ou seja, ela só será encontrada quando o pai entrar lá sozinho.

– Simples assim? – espantou-se Jay.

– Não é tão simples quanto parece... – resmungou Dona Augustina.

– E como a senhora tem certeza de que é por essa razão que eles não conseguem se encontrar? – perguntou Fig.

– Porque, um dia, e nem faz tanto tempo assim, eu resolvi, mais uma vez, tentar entender por que eles não se encontravam e, daquela vez, eu tive sorte. Cheguei ao galpão no momento em que os pais estavam indo embora, mas, por alguma razão, o pai se separou alguns segundos da mãe, que saiu primeiro

do Museu. Foi, então, que eu vi Alice aparecer. O pai estava de costas e não viu a menina, foi muito rápido.

– É isso, Jay – disse Carlão. – Precisamos que você conte para eles o que tem de ser feito para que a família fique junta novamente.

– *Ok, I will do it, but...*

– *But*? – disse Fig, lembrando-se das aulas de inglês e das músicas que escutava.

– Há uma condição!

"Ai, eu sabia", pensou Abel, "estava fácil demais".

– E qual é? – perguntou Carlão.

O fantasma se levantou, foi até Dona Augustina e falou o que ela menos queria ouvir na vida.

23. Mais uma da velhinha

Jay não era um fantasma ameaçador como o engenheiro-chefe, mas havia algum problema muito sério entre ele e Dona Augustina. Quando ele se aproximou para dizer o que queria em troca de falar com os pais de Alice, a senhora já tinha uma ideia do que se tratava, pois deu alguns passos para trás tentando afastar-se do namorador.

– Para conversar com os pais da garotinha, eu quero que *this beautiful lady* dance a próxima valsa comigo.

– De jeito nenhum! Nunca! Pare já com isso e vá logo fazer o que os meninos lhe pediram. Sem chantagem.

– Não é chantagem – retrucou ele. – É só um pedido, uma única chance. Faz tanto tempo...

O fantasma tentou tocar nela, nas mãos da senhora, mas não conseguiu. Ela se afastou e, não fosse os garotos impedirem sua fuga, ela teria ido embora.

– É só uma dança, Dona Augustina – argumentou Abel. – Ele não poderá lhe fazer mal algum.

– E vai ser tão importante! Assim que ele contar a história para os pais da menina, todos vão ficar livres – completou Fig.

Enquanto a senhora olhava para eles, um filme lhe passava pela mente. Foram muitas histórias, mágoas e lembranças. Carlão, desconfiando das razões do estranho comportamento de Dona Augustina, se aproximou e fez também o mesmo pedido. Ela olhou para o fantasma e disse:

– Jay, isso não está certo. Se eu quisesse dançar com você, já teria dançado e...

– Só uma! Ouça! – aproveitou ele. – A música já vai começar, venha comigo. – Ele estendeu a mão, e ela, muito sem jeito, aceitou que ele a conduzisse lentamente para o centro do salão. A orquestra tocava uma bela valsa, e muitos casais dançavam.

– Abel! – disse Fig. – Olha só que engraçado.

Abel deixou o visor de lado e viu Dona Augustina rodopiando sozinha pelo salão; ao menos era o que parecia. Alguns turistas começaram a tirar fotografias e a filmar o que aparentava ser mais uma excentricidade da velha senhora, conforme um dos guias disse a um grupo que acompanhava aquela cena. Abel, porém, quando olhava pela câmera, podia ver toda a beleza do baile, as roupas, a música, os fantasmas comentando uns com os outros sabe-se lá o quê. Jay estava radiante, sorria a cada movimento que fazia. Dona Augustina também estava bela, tão jovem quanto Jay. No entanto, de repente, Dona Augustina interrompeu a dança.

– Pronto, Jay, acabou. Já dançamos. Agora, cumpra o que prometeu.

– Com prazer – disse ele. – Se não for pedir demais, gostaria que repetíssemos outro dia. Quem sabe?

Dona Augustina, calada, afastou-se dele e aproximou-se dos garotos.

– Ótimo – disse Carlão. – Não nos resta muito tempo.

O relógio já se aproximava das cinco horas, horário de partida do trem.

– E onde os pais de Alice estão? – perguntou Fig.

– Devem estar voltando para o trem – explicou Jay. – Eles são sempre os primeiros a embarcar, com medo de perder a viagem.

– Então, temos mesmo que ir – disse Dona Augustina. – Depois que eles entrarem, só teremos outra chance na semana que vem.

– E nós não estaremos aqui para assistir ao final dessa história – disse Abel. – Vamos logo.

Eles caminharam em direção à saída do salão e perceberam que outros fantasmas faziam o mesmo. Chegaram até a calçada e aceleraram o passo. Jay poderia ir mais rápido, mas andou junto de Dona Augustina. Estava feliz por ter dançado com ela. Então, algo inesperado aconteceu. A rua que os levaria de volta ao Planeta passava diante do Castelinho e, ao se aproximarem, ouviram a amedrontadora voz do Chefe.

– Eu disse! Eu lhes avisei que não mexessem nessa história! Que parassem com isso. Agora todos vão me pagar!

Fig fechou os olhos, Abel tremia sem conseguir desligar a câmera, Carlão abraçou Dona Augustina e Jay havia sumido, deixando-os sozinhos.

Parecia o fim de tudo!

24. A ameaça do engenheiro-chefe

Quando o fantasma do engenheiro-chefe apareceu, Abel pensou em desligar a câmera imediatamente. Julgou que, daquela maneira, ele não poderia atacá-los, mas mudou de ideia ao ouvir uma voz conhecida.

– Olá, primo! Ainda tentando assustar as pobres pessoas? – perguntou Jay, surgindo ao lado do Chefe.

– Todos vocês vão me pagar pelo que fizeram!

Fig ficou imaginando o que ele teria feito, afinal. Só após um cutucão de Abel, é que Fig criou coragem para olhar pela câmera.

– Você também! – disse o Chefe, tentando empurrar Jay, que sorriu e disse:

– Chega, primo! Essa sua conversa não vai levar a nada.

O fantasma do Chefe, extremamente insatisfeito, prosseguiu.

– Você fala isso porque não é na sua casa que, diariamente, todo mundo entra, a maioria sem pedir licença. Bagunçam, tocam nas coisas e, algumas vezes, até mudam tudo de lugar.

– Mas, então, é isso! É esse o problema! – espantou-se Carlão.

– Se você fosse aos bailes em vez de ficar assombrando aquele casarão vazio, iria se divertir muito mais e pararia com essa bobagem.

– Desculpe! – disse Carlão, tentando interferir na conversa dos fantasmas. – Eu não sabia.

– Tá vendo? – disse Jay. – Saia da nossa frente que estamos com pressa. Você deveria pegar o trem qualquer dia desses e ir embora daqui.

O Chefe estava desolado. Ficou claro que ele queria assustar alguém, se vingar do que ele considerava um ultraje ao local onde morava.

– Aquele ali tirou fotos, bateu as portas e correu pelo meu chão centenário! – berrou o fantasma apontando para Abel.

O garoto entendeu por que havia se sentido tão incomodado dentro do Castelinho. Era o fantasma do Chefe querendo expulsá-lo da casa.

– Eu... eu... – Abel não sabia o que dizer. – Foi sem querer.

– A culpa é minha, desculpe – disse Carlão. – Eu nunca disse aos turistas que eles deveriam pedir licença para entrar na sua casa. Isso não vai mais acontecer, eu prometo.

– Vamos logo com essas desculpas antes que o Jay desista do trato – reclamou Dona Augustina. – Ele é ótimo em não cumprir promessas.

Como se estivessem se desculpando para o nada, os meninos disseram adeus ao fantasma do Chefe e viraram a câmera para o local no qual Jay já estava entrando: a ferrovia. Apressaram o passo e viram, ao longo do caminho, muitos fantasmas voltando para o trem.

– Vejam – disse Abel, correndo e tremendo a imagem. – Estou vendo Jay, e ele está se aproximando de dois vultos.

– Me deixa ver! – disse Carlão.

– São eles – afirmou Dona Augustina. – Jay já chegou, e vai começar a falar.

– Rápido! – disse Abel, que saiu em disparada, deixando Dona Augustina e Carlão para trás. Fig correu junto com o amigo.

Quando chegaram, viram que Jay havia parado diante do casal e já havia iniciado a conversa.

– Vocês não podem entrar nesse trem – disse ele. – Pelo menos não agora.

– Saia da frente. Você sabe que, se não entrarmos, não poderemos nunca mais voltar aqui. E nós temos que voltar, pela nossa filha.

– Mas eu tenho uma coisa importante para falar sobre ela – disse Jay.

Os dois pararam, a mãe ergueu os olhos, cheia de esperança. O pai estava desconfiado, pois durante o tempo em que procurou pela menina, viva ou morta, sempre recebera pistas falsas.

– O que você sabe sobre nossa filha? E por que veio falar só agora, depois de tanto tempo?

O homem estava irritado e muito frustrado por, mais uma vez, não ter encontrado a menina. Tamanha era a decepção, e tão pouco o tempo disponível, que ele só queria garantir a chance de poder voltar à Vila, embarcando no trem.

– Calma – disse a mulher. – Diga, por favor, o que sabe sobre a nossa filha?

Jay olhou para a mãe e começou a contar a história, mesmo sabendo que ela não gostaria nem um pouco do que iria ouvir.

25. Indecisão perigosa

Todos estavam parados ao redor da câmera. A expectativa era imensa. Não conseguiam prever o que poderia acontecer. Talvez, quem sabe, durante a viagem de volta do trem, Jay conseguisse convencer os fantasmas dos pais de Alice de toda aquela história. No entanto, se isso acontecesse, eles provavelmente sofreriam muito com a espera, pois, uma semana seria uma eternidade.

– Eu sei onde a menina está. Aquela senhora me explicou tudo.

Eles se viraram para olhar Dona Augustina, que permanecia em silêncio, à distância, como se procurasse disfarçar sua presença.

– E onde está nossa filha? – perguntou o pai, por fim.

Jay apontou para a direção do galpão e disse:

– Lá, no Museu!

– Mentira! – acusou o pai. – Já fomos lá várias vezes, e nunca, nunca... – ele não conseguia continuar. – Você sabe muito bem que foi lá que ela desapareceu.

– Sim, eu sei! – disse Jay. – Mas é que...

– Você está brincando com nosso sofrimento. Já vimos aquela mulher antes, ela nunca tentou conversar conosco, só chora quando nos vê. Não gosto que sintam pena de mim. Ela é mais uma que não sabe de nada, como todo mundo que viveu nesta Vila! – gritou o pai. – Você não merece viajar conosco – o casal, então, caminhou com passos firmes em direção ao Planeta.

– Espere – atacou Jay, novamente. – Não estou mentindo, nem brincando. Estou falando a verdade, quer dizer... Acho que estou.

A pequena dúvida que surgiu de repente na cabeça de Jay o preocupou. Será que havia caído em uma brincadeira dos garotos? E se aquilo não fosse verdade? Jay teria um sério problema com os outros fantasmas e, pior, poderiam perder o trem. Ele procurou nos olhos dos garotos algum sinal de fraqueza, mas lhe pareceu que estava tudo correndo conforme o previsto. Não podia esquecer que Dona Augustina até aceitara dançar com ele. Sim, não podia ser mentira.

– Como assim "acha que está falando a verdade"? – o fantasma zangou-se ainda mais. – Vamos embora. – disse ele conduzindo a esposa.

– Não, não foi isso que eu quis dizer – interrompeu Jay, tentando consertar a bobagem que dissera. – Ela está lá, sim, vocês não a encontram porque estão cometendo um erro.

– Erro? Que erro? – perguntou o fantasma.

– Conta tudo logo para ele! – gritou Fig, sem mais aguentar tanta expectativa. Abel deu-lhe uma cotovelada para que ficasse quieto.

Jay voltou-se para o fantasma do homem e disse:

– Quando sua filha desapareceu, somente você estava com ela, certo? – o homem balançou a cabeça em sinal de consentimento. – E você se lembra da última coisa que disse para a menina?

O pai ficou quieto, olhando para Jay. Pareceu aos garotos que ele iria chorar. Ao falar novamente, sua voz estava trêmula.

– Eu pedi... eu... pedi que ela me esperasse... – Sua voz saiu como se tivesse feito uma grande descoberta. – No galpão... eu pedi que ela me esperasse no galpão.

– E ela está lá, esperando, como você pediu.

– Não pode ser... Já fomos lá várias vezes e nunca a encontramos.

– É esse o problema! – disse Jay. – Vocês foram lá!

– Como assim? – perguntou o homem.

– Só você pode ir, pois foi o último a ver a menina com vida, sua esposa não. Quando a garota desapareceu, foi você quem pediu que ela ficasse esperando. Sua mulher nunca viu essa cena, por isso, quando entram no galpão juntos, a menina não pode ser vista.

O fantasma do pai ficou sem palavras. Ele olhava para sua esposa com um misto de incredulidade misturado com esperança.

– Se formos lá, rápido, você poderá fazer sua última viagem de trem! – disse Jay.

O homem queria concordar, mas disse:

– Ir até o galpão e deixar minha esposa aqui, sozinha?

– Sim – disse Jay. – Só por alguns instantes.

– Eu prometi para mim mesmo que jamais deixaria alguém da minha família sozinho de novo. Da última vez que isso aconteceu eu...

– Não temos muito tempo! – disse Jay. – A decisão é sua, mas você precisa acreditar em mim. Estou falando a verdade.

A mãe olhava Jay atentamente. Qualquer notícia sobre sua filha lhe enchia de esperança, renovava suas forças. Pelos olhares que trocava com o marido, ficou claro que ela desejava que ele fosse atrás de Alice, era uma chance, tinha de aproveitá-la. Ao mesmo tempo, porém, sabia que, se alguma coisa desse errado, eles poderiam ficar separados para sempre.

– O tempo está passando – disse Abel, aflito. – Ele precisa se decidir logo. Se ficar assim, sem desgrudar da mulher, eles nunca vão encontrar a menina.

– Se a gente pudesse fazer alguma coisa... – disse Carlão.

Após um momento de silêncio, Fig disse:

– Eu acho que a gente pode. Vejam se aprovam minha ideia...

26. Outro grande mistério

A ideia de Fig era mesmo simples. O pai fantasma não queria ir até o museu, porque não queria deixar a mulher sozinha, distante. Então, bastava que todos fossem juntos até a entrada do galpão e, quando chegassem, ela ficaria do lado de fora esperando.

– Eles vão ficar muito pouco tempo separados, afinal de contas – completou Fig.

– Sim, é verdade – concordou Abel. – Mas, pelo jeito, eles não querem ficar separados nem por um momento.

– Bom, não tenho outra ideia – disse Fig, desapontado. – Assim, acho que eles nunca vão encontrar a menina, mesmo sabendo onde ela está.

– Mas já é um começo – desabafou Carlão. – Talvez eles aceitem a ideia do Fig quando chegarmos lá. Aqui é mais longe, é natural que ele esteja com medo de perder a mulher de vista.

Carlão chamou Jay e contou o plano para ele. Jay voltou a conversar com os fantasmas, que acabaram aceitando a ideia: foram todos para o galpão.

– Pronto, chegamos – disse Abel, um tanto ofegante e mancando levemente. O pé, depois de tantas peripécias, voltara a incomodar um pouco.

– Não! – disse Fig.

– O que foi? – perguntou Abel.

– A noiva está chegando.

A neblina aproximou-se calmamente, cobrindo tudo.

Jay iniciou as tentativas para fazer o casal se separar, para que o pai fosse encontrar com a menina, mas foi inútil. Ele realmente tinha medo de deixar a esposa sozinha. Sentia muito remorso por ter perdido a própria filha.

– Não tem jeito – disse Jay, desanimado. – Eles nunca vão se separar.

– Minha bateria está acabando. – disse Abel, desligando a câmera. – Acho melhor a gente entrar no galpão e dizer adeus à menina. Eu nunca mais quero voltar aqui.

– Não! Há um jeito de resolver o problema – disse Dona Augustina.

– Qual? – perguntou Carlão, surpreso.

A senhora, em silêncio, dirigiu-se até onde os pais de Alice estavam. Abel ligou novamente a câmera.

– Me perdoem – começou ela. – Foi sem querer... Eu...

– O que a senhora está fazendo, Dona Augustina? – perguntou Carlão.

– Acabei de ter uma ideia – disse ela. – Vir até aqui clareou minha cabeça. É preciso que aconteça uma situação nova, algo que una a todos! Eu vou lá... Vou buscar a filha deles.

– Mas, como a senhora vai fazer isso? A garotinha disse que não vai sair de lá, pois está esperando pelo pai – lembrou Fig.

– Ela já saiu! – disse Dona Augustina. – Uma vez, há muito tempo...

Carlão, por um momento, ficou muito confuso. Não conseguia compreender ao certo o que estava acontecendo, mas uma ideia maluca começou a se passar pela sua cabeça, e ele fez uma pergunta.

– A senhora, por acaso, conhece a garotinha?

– Sim.

– Conhece como? – perguntou Abel.

Dona Augustina começou a chorar, e dela ninguém conseguiu tirar mais uma palavra. Ela se afastou e caminhou em direção ao galpão.

– Vamos atrás – disse Carlão. – Estou com medo de que alguma coisa grave aconteça.

Abel olhou para os fantasmas, eles pareciam mais tristes. Aquele lugar realmente deveria lhes trazer lembranças muito infelizes.

– Podem ir! – disse Jay. – Mas, lembrem-se, vocês têm pouco tempo. Logo, logo, o trem vai partir, e teremos que ir embora.

Os três foram atrás de Dona Augustina e sumiram dentro do galpão, engolidos pela noiva.

27. Uma nova esperança

A bateria estava, perigosamente, no limite. Abel estava preocupado, pois ela poderia terminar a qualquer momento. Procurava manter a câmera desligada o máximo de tempo possível. Ainda não estava precisando dela, bastava seguir Dona Augustina. Ela entrou no museu decidida, sem olhar para os lados, indo direto para o local onde Alice esperava pelo pai.

– Até que ela anda bem rápido quando quer – reclamou Fig, afobado.

– É melhor deixá-la ir sozinha – disse Carlão. – Acho que, se ela quisesse nossa companhia, teria nos chamado.

A senhora finalmente parou. Os três diminuíram o passo, mas se aproximaram para, ao menos, ouvir o que acontecia.

– Liga a câmera, rápido! – pediu Carlão.

Abel ligou e quase não acreditou no que viu, assustou-se:

– Nossa! – exclamou ele.

– O que foi? – perguntou Fig, olhando pelo visor. – Mas... Mas... Será que é a Dona Augustina mesmo?

Carlão olhou pela câmera e levou o mesmo susto que Abel. Novamente, Dona Augustina se modificou ao ser focalizada. Eles já haviam ficado impressionados quando ela surgira como uma bela jovem ao dançar com Jay, mas, agora, a situação era ainda mais fantástica: ela havia se transformado em uma garotinha, provavelmente da mesma idade de Alice. Por isso, não estranharam quando ela disse:

– Oi, menina, quer brincar comigo?

A garotinha olhou para ela e respondeu:

– Não posso! Meu pai me pediu para esperar por ele aqui.

– Posso ficar com você?

– Pode, sim. Acho que me lembro de você.

Dona Augustina prosseguiu com a conversa como se não tivesse ouvido aquilo.

– Qual é o seu nome?

– Alice, e o seu?

– Tininha. Cadê seu pai?

– Ele saiu com um amigo dele, disse que volta logo.

– Faz tempo que ele saiu?

A garotinha ficou em silêncio por alguns minutos, balançou as pernas. Os meninos tinham certeza de que ela havia começado a chorar quando disse:

– Acho que faz. Estou sozinha aqui. Fico com medo quando escurece – Dona Augustina moveu-se de forma a se aproximar dela. – Será que ele me esqueceu? – continuou Alice, passando a mão nos olhos.

– Não, não. Meu pai também trabalha aqui e, quando ele sai, demora um tempão para voltar. Vai ver que eles estão consertando algum trilho – Ela, então, mudou de assunto. – Sabe, eu tenho uma boneca de porcelana bem bonita, com um lindo vestido rosa.

– Eu também tenho uma, só que não sei onde está.

– Ah, é? Olha, se você quiser, te mostro a minha. Está ali fora; você vai gostar. O nome dela é Cristina.

– Eu queria ir, mas...

– É rapidinho. A gente sai aqui por trás e ninguém vai ver.

A menina olhou para ela com dúvida, mas a curiosidade foi muito maior.

– Tá bom, vou com você. Depois que meu pai chegar eu te mostro a minha, ela se chama Linda.

– Linda é um nome engraçado para uma boneca – disse Dona Augustina, sorrindo.

– Foi minha mãe quem deu. Ela disse que essa palavra existe em inglês e em português, as duas línguas que eu falo...

– Então, vamos logo. É por ali – disse Dona Augustina, apontando para a saída do museu.

Carlão estava emocionado. Desviou o olhar da câmera e viu novamente a velha senhora, como ele sempre a conhecera, caminhando lentamente para o local que havia apontado. Quem a visse acharia estranho que ela estivesse andando meio curvada e com o braço esticado, como se segurando a mão de alguém. Ao voltar os olhos para a pequena tela, voltou a ver duas crianças alegres, brincando. A noiva começou a sumir e o sol a iluminar o velho galpão.

– Elas estão indo para o lado certo. Nossa, será que vai funcionar? – perguntou Fig.

– Só tem um jeito de saber! Vamos atrás delas, com calma. A menina não pode se assustar com nada. – disse Carlão. – Já pensou se ela resolve voltar para o banco?

– De jeito nenhum! – Apesar de a bateria estar fraca, Abel não quis desligar a câmera. A expectativa sobre o que poderia acontecer era tão grande que ele preferiu apostar na sorte.

Faltava pouco, muito pouco.

28. A partida do trem

Quando Dona Augustina saiu do galpão e encontrou a fraca luz do dia que terminava, sentiu que tudo aquilo iria acabar, finalmente. Continuou conduzindo a menina e a primeira coisa que ouviu foi a voz de Jay.

– Tininha! Já estava ficando preocupado. Preciso ir embora e não queria ir sem me despedir.

Quando os garotos também saíram, puderam ver que Dona Augustina se aproximava dos fantasmas dos pais de Alice. Aceleraram o passo e acompanharam o momento exato em que eles avistaram a filha, após tanto tempo. A mãe, como por mágica, se reergueu. Apertou fortemente a mão do marido, apenas para largá-la em seguida e correr na direção da menina. Alice não entendeu muito bem o que estava acontecendo, até porque não esperava encontrar os pais ali fora, não havia sido aquele o combinado.

Tudo mudou, porém, quando ela foi erguida no ar pela mãe e também pelo pai, que logo as abraçou.

– Alice! – gritava a mãe, beijando a filha.

– Pai, você voltou! – disse ela. – Eu saí do galpão sem querer... Não foi culpa minha.

O pai não ouvia o que a menina tinha a dizer, apenas chorava abraçado às duas mulheres que mais amava.

– Rápido! – disse Jay. – Temos que voltar ao Planeta. Ele está partindo. – os pais não responderam e Jay ficou ainda mais aflito. – Não estão me ouvindo? Temos que ir embora, já.

Dona Augustina assistia à cena emocionada. Carlão aproximou-se dela, assim como os garotos, que não tiravam os olhos da telinha.

– Pode ir embora! – disse o pai da menina, quase em um sussurro.

– Ir embora? – disse Jay. – Sim, eu vou, mas vocês também precisam vir, ou nunca mais vão conseguir voltar para cá.

– Não queremos – disse a mãe, abraçada com a filha. – Nunca mais!

– Acho que entendi – respondeu Jay, após um momento. – *O.K., good luck*! Adeus, Tininha, volto semana que vem, mesmo horário, e vamos dançar de novo.

Ela lhe fez um sinal de adeus, e até mandou-lhe um beijo. Jay se surpreendeu, pois não estava acostumado com toda aquela gentileza.

– Por que você não volta voando? Não é mais rápido? – perguntou Fig, imaginando o porquê de aqueles fantasmas só andarem, e nunca voarem. Afinal, de acordo com todas as histórias que ele já tinha ouvido, os fantasmas podiam voar.

– O que você pensa que eu sou? Um passarinho? – respondeu ele, correndo na direção do trem. – Adeus!

"Tomara que ele consiga!", pensou Abel.

Com a despedida de Jay, por fim, todos se voltaram para o casal. Eles já estavam um pouco mais calmos, e Alice voltou a conversar com Dona Augustina.

– Tininha! – disse ela. – Esses são meus pais.

– Eu sei! – respondeu a senhora, timidamente. – Há muito tempo eu sabia disso.

– Veja – prosseguiu Alice, mostrando a boneca para Dona Augustina. – Essa é a Linda.

– É linda, de verdade! Merece o nome que tem.

– E a sua? Queria ver a sua.

– Outro dia, filha – disse o pai da menina. – Outro dia!

Os pais olharam para Dona Augustina mais uma vez, e ela sentiu que era uma despedida. De repente,

eles começaram a caminhar de volta para o galpão e desapareceram.

– Sumiram! – gritou Abel.

– E desta vez... – disse Dona Augustina. – ...foi para sempre.

– E Jay? – perguntou Carlão. – Será que ele conseguiu pegar o trem?

Abel deu um *zoom* com a câmera e viu o Planeta partindo.

– Está saindo. Vai ver que eles esperaram um pouquinho.

– Não estou enxergando o trem – disse Dona Augustina.

– Mas está lá. Olhe aqui, na câmera.

Dona Augustina olhou na câmera e, depois, para o horizonte, e disse:

– Acabou. Não consigo mais ver.

– Como assim, não consegue? Nós estamos acompanhando pela câmera. A senhora não precisa disso... – lembrou Fig.

– Não, não estou vendo o trem. Acabou! Finalmente. Eu também estou livre.

– Livre? – perguntou Carlão. – Livre do quê?

Dona Augustina olhou para eles, suspirou e disse:

– Eu vou lhes contar a minha história.

ON

29. Uma criança com medo

A velha senhora ficou muito mais tranquila depois da estranha revelação que fizera: a de não conseguir mais ver os fantasmas. Aquilo mexeu com os garotos. Eles já haviam se acostumado com o jeito misterioso dela, sempre ameaçando contar alguma coisa surpreendente, um passado cheio de histórias...

– Tudo começou quando eu era criança. Nunca me esqueci – disse ela. – Meu pai trabalhava na ferrovia, e eu era uma criança bastante livre, brincava por todos os lados. Sabia onde estava o perigo, não podia andar pelos trilhos, me aproximar de máquinas pesadas. Todo mundo me vigiava, pois gostavam muito de mim. Não havia outras meninas para brincar comigo, aí, eu criei um mundo de fantasia com a minha boneca, a Cristina.

Fig se lembrou da boneca com cara de porcelana, que também parecia um fantasma, que ficava sentada no sofá da casa da senhora.

– Então, certo dia, apareceu aquela família tão elegante e rica na Vila.

– Os pais de Alice? – perguntou Carlão.

– Eles mesmos – respondeu ela. – Meu pai contou, durante o jantar, que eles eram amigos do Chefe e estavam a passeio por Paranapiacaba, e que, provavelmente, iriam ficar poucos dias. Depois, fiquei sabendo que o Chefe recebia visitas porque ele era muito importante, estava sempre negociando. Para mim, naquela época, era apenas um homem distante, que vivia preso no Castelinho. Nem a família dele eu conhecia direito.

– Eles não passeavam pela Vila?

– Pouco. As casas eram separadas por classe social, a gente não tinha contato com eles. Era por isso que eu gostava de ficar escondida, olhando aquelas pessoas tão bonitas, que só andavam pela Vila quando o Chefe queria.

– Eles eram um pouco arrogantes, não eram?

– Não – disse ela. – Naquela época era assim mesmo e todo mundo respeitava.

– E Alice? O que foi que aconteceu?

Dona Augustina ergueu a cabeça e prosseguiu:

– Alice apareceu, um dia, andando com o pai e com o Chefe. Eu vi aquele vestido tão bonito que ela usava... E a boneca! Aquela boneca tão linda e tão diferente da minha! Fiquei com vontade de brincar com ela. Segui os três até o galpão e fiquei olhando de longe. Em certo momento, vi que a menina ficou sozinha. Achei estranho, porque naquela hora, a do almoço, não ficava muita gente no galpão, e eu mesma não tinha autorização para entrar ali sozinha. Era perigoso por causa das máquinas.

– O pai dela que mandou, para não se perder – disse Abel.

– Na época, eu não sabia – respondeu Dona Augustina. – Então, cheguei até ela e comecei a conversar.

– Foi mais ou menos o que a senhora fez agorinha?

Dona Augustina olhou para Carlão e confirmou com a cabeça.

– Exatamente do jeito que vocês viram. Nós saímos do galpão por tão pouco tempo... Eu... eu só queria brincar, mostrar minha boneca, mas... – os três respiraram fundo ao mesmo tempo sentindo que viria alguma revelação importante. – Alice viu uma borboleta muito colorida, dessas que têm por aqui, como se nunca tivesse visto uma antes, e foi atrás. A borboleta entrou no meio do mato e sumiu, mas logo apareceu outra. Então, eu percebi que a neblina estava chegando e achei melhor a gente voltar.

– A senhora ficou com medo? – perguntou Fig.

– Não, não tive medo, nunca tive medo da noiva, mas é que, naquela época não havia todas essas luzes. Quando a neblina vinha forte, não dava para ver quase nada, e foi assim daquela vez. Ela cobriu tudo e, quando olhei para o lado em que Alice estava pulando, não vi mais a menina. Achei que ela estivesse se escondendo de mim, querendo brincar. Gritei o nome dela algumas vezes, mas ela não respondeu. Então, olhei para o chão, e vi a boneca dela caída.

– E o que foi que a senhora fez?

– Peguei a boneca e resolvi voltar para o galpão. Não sei por que, mas achei que ela talvez tivesse voltado para lá. Quando me aproximei, vi um monte de gente gritando, um homem chorando, fiquei com muito medo. Deixei a boneca no chão e corri para casa.

– A menina tinha sumido! – disse Fig.

– Não achei que tivesse sumido, pensei que eles logo a encontrariam, que ela só tivesse se perdido na mata, mas nunca mais a acharam. Um dia, eu vi Alice sentada no banco, esperando pelo trem. Aproximeime para conversar, meio assustada, querendo saber por que ela estava ali. Demorou até eu entender que ela era um fantasma. E, desde então, comecei a ver

todos os fantasmas da Vila. Só hoje, depois que ela desapareceu, que eu deixei de vê-los. Finalmente!

– A senhora não contou para ninguém? – perguntou Fig.

– Eu fiquei com medo, era apenas uma criança. Muito tempo depois, resolvi contar para a minha mãe, mas ela me pediu para manter segredo, pois temia que meu pai fosse prejudicado por isso.

Abel olhou para ela e imaginou que era por isso que ela nunca havia conseguido se aproximar dos fantasmas do pai da menina e contar tudo o que tinha acontecido. Ela deveria sentir muito remorso, medo e culpa, afinal, sempre perdia o controle emocional quando encontrava com eles.

– Mas, Dona Augustina – perguntou Carlão. – E o fantasma da menina? Ela nunca lhe contou o que havia acontecido com ela?

– Nem mesmo ela sabia, tadinha. Deve ter batido a cabeça em algum lugar ou despencado de um barranco e morrido sozinha, sem socorro algum – disse ela. – Estou cansada, o dia foi muito cheio hoje. Vamos até a minha casa tomar um chá e vocês vão saber de tudo em detalhes, sobre os fantasmas, a Alice e... o Jay, aquele bobo!

Todos se lembraram do fantasma paquerador, e ficaram ainda mais curiosos pelo fim daquela história.

30. A malandragem de Jay

Todos se dirigiram para a casa de Dona Augustina, animados. Abel ligou a câmera para verificar a presença de algum fantasma pela Vila, mas todos haviam desaparecido, exceto o Chefe que, provavelmente, deveria estar guardando o Castelinho. Ao fazer isso, o Chefe assumia o papel favorito de Fig: o de fantasma de casa mal assombrada.

De repente, no caminho para a residência da senhora, ouviram uma voz conhecida.

– Abel, Fig! Que bom que encontrei vocês! – Era Serginho com a turma; alguns bastante sujos e, principalmente, falantes, muito falantes. Dona Augustina não interrompeu o seu caminho e logo desapareceu de vista. – Vejo que está tudo bem. Já tinha observado de longe e fiquei feliz quando percebi que estava caminhando. Obrigado, Carlão.

– De nada. Eu é que agradeço – sorriu ele.

– Hora de ir! – disse Serginho.

– Como assim, hora de ir? – perguntou Fig.

– Já está na hora de irmos embora, vamos para o ônibus. – disse Serginho. – Passei o dia preocupado! Temos que dar uma passadinha no hospital e tirar uma radiografia do seu pé...

– Mas... Mas... – disse Abel.

– Vocês não sabem o que perderam – disse Bruna. – Foi muito divertido. Vimos uma cachoeira linda. O Juninho escorregou e se sujou todo de lama, a sorte dele era que...

A menina disparou a falar enquanto Abel e Fig continuavam se olhando, tentando arranjar um jeito de fugir dali.

– É que a gente estava indo ouvir uma história – disse Carlão. –, e tomar um chá com Dona Augustina.

– Meninos, infelizmente não vai dar. Não podemos demorar muito, porque temos horário para voltar. Os pais de vocês estão esperando e eu não quero sair daqui à noite, com neblina muito forte. Hoje foi mesmo um dia cheio – completou Serginho.

Abel e Fig se entreolharam, desolados. Ainda havia tanta coisa que eles queriam saber. O professor voltou para o ônibus e eles permaneceram um pouco mais para dar adeus ao Carlão.

– Bem, garotos. Acho que é isso! Vão ter que ir embora.

– Mas Carlão, e a história do Jay? – perguntou Fig.

– Essa eu conheço, é muito dolorida para ela.

– Conhece? – perguntou Abel. – E por que não contou antes?

– Não era o mais importante, e depois, achei melhor que ela mesma contasse quando sentisse vontade. Passei a respeitar todas as histórias dela a partir de hoje. Como não vai dar tempo de ir falar com Dona Augustina, eu conto para vocês.

– Como assim? – perguntou Fig. – Você não respeitava antes?

Carlão olhou para os garotos de um modo desconfortável, e disse:

– Sabe o que é... – começou ele. – Como todo mundo por aqui, eu achava que ela era meio maluquinha com suas histórias fantásticas, fantasmas etc. Hoje, eu sei que era tudo verdade...

– E Jay? – perguntou Abel

– Jay... – começou ele. – foi um antigo namorado dela, o primeiro, e eles iam se casar. Era um rapaz falante, alegre, querido por todos na Vila. Ele jurou para Dona Augustina que jamais dançaria com outra mulher depois que eles se casassem. Ela não queria que

ele dançasse com outra mulher mesmo solteiro, mas ele dizia que ainda gostaria de dançar com a mãe, com a tia, com as irmãs... Enfim... Ele tinha suas desculpas.

– E o que foi que aconteceu?

– Uma tragédia.

– O quê? Fala logo – disse Fig, que verificou que seu celular estava tocando. – É o Serginho, deve estar impaciente.

– Ele sofreu um acidente na ferrovia e morreu. A Vila ficou arrasada, todas as festas, jogos de futebol, tudo foi suspenso. O luto durou vários dias, e Dona Augustina ficou inconsolável.

– Posso imaginar.

– Foi então, que, muitos anos depois, ela começou a contar histórias de fantasmas, menos a de Alice, que eu nunca tinha ouvido e hoje entendo o porquê. Coitada, ela deve ter sofrido muito durante todos esses anos.

– Mas o que foi que o Jay fez de tão grave, afinal.

– Ela começou a dizer que viu Jay dançando com outras mulheres no baile. Talvez ela tenha descoberto essa história depois que começou a ver os fantasmas. Acho que era por isso que ela sempre aparecia diferente nas filmagens. Perto deles, Dona Augustina assumia a forma com a qual eles a conheceram: criança, jovem...

– E como a câmera filmava o mundo dos fantasmas, era como se ela também fizesse parte, pois eles a conheceram quando estavam vivos – explicou Abel. – Seja como for, Jay era meio malandro mesmo, não é?

– Pois é, ela ficou com tanta raiva dele que nunca mais voltou ao salão – disse Carlão.

– Mas ele tinha morrido, ela não podia culpá-lo. Nem deu tempo de eles se casarem e, depois... – continuou Abel –, se ela não tivesse começado a ver os fantasmas, talvez nunca descobrisse.

– É que ela achou que a promessa continuava valendo, mesmo com ele morto. Ela nunca se casou.

– É por isso que ele ficou todo meloso quando encontrou com ela.

Agora, Serginho mandava mensagens para os dois garotos.

– É melhor irmos logo – disse Abel. – Carlão, vamos manter contato. Anote meu telefone, meus contatos.

– Os meus também – disse Fig, anotando na mesma folha que Abel havia usado.

– E tem mais – disse Abel. – Vou deixar minha câmera com você.

– Mas é sua! – respondeu Carlão. – Seus pais não vão estranhar?

– Vou falar para eles que esqueci por aqui. Vai ser uma boa razão para voltar e ver nossos amigos novamente. Quem sabe o que mais acontece aqui na Vila? Ah, não se esqueça de manter a bateria carregada.

– O dia que você voltar, eu venho junto – disse Fig, animado.

– Obrigado. Cuidarei bem dela – riu Carlão. – Vou até fazer uns filminhos e mando para vocês pela internet.

– Vai ser divertido. – disse Abel, já caminhando em direção ao ônibus. – Além disso, não estou muito a fim de encontrar outro fantasma, bastam os que já conheço. Vai que tenha algum morando no meu quarto... Nunca mais vou ter sossego.

– Mas bem que a gente podia levar a câmera – disse Fig.

– Para quê? – perguntou Abel.

– Queria levar no banheiro da escola e ver se há mesmo a tal loira.

– Isso é só uma daquelas lendas urbanas – disse Carlão. – Essa história é do tempo da minha avó.

– Sei lá. Todo mundo fala que ela vive lá e...

Carlão e Abel caminharam até o ônibus, rindo das histórias de Fig, que, durante a viagem de volta, tentaria convencer seus amigos de que tudo aquilo havia realmente acontecido.